異世界に転移したからモンスターと気ままに暮らします

Isekai ni tenni shitakara monster to kimama ni kurashimasu

NEKO NEKO DAISUKI
ねこねこ大好き

Illustration
ひげ猫

2

エミリア
亜人の国で暮らすエルフ。
「家族亭」の従業員となる。
料理が得意。
朱《す》雀《ざく》
魔軍の最高幹部。不死鳥の
魔王で死ぬことがない。
喧嘩や争い事が大好き。
レイヤ（新庄麗夜《しんじょうれいや》）
本編の主人公。16歳。
人間不信の一方で寂しがり屋。
女性だと頻繁に間違われる。
ティア
数多のスライムが合体し、
人化した存在。
ステータスの数値が異様に高い。
とことんレイヤに尽くす。

登場人物紹介
Main Characters
ゼラ
初代魔王。かつて世界中の生物を殺戮した。魔王城の地下深くに封印されている。
ギンちゃん
銀狼のモンスター。
警戒心は強いが、身内には優しい。
家庭的なお母さん。
ハクちゃん
ギンちゃんの娘。
好奇心旺盛で遊びたい盛り。
とても可愛らしい。

第一章　ドラゴンとワイバーンは俺から離れたくないようです

「いててて」

朝ごはんのパンを食べていると、俺――新庄麗夜《しんじょうれいや》の首に、突然ズキリと痛みが走った。

「大丈夫？」

隣に座るスライムの少女ティアが、クリッとした目を瞬《また》たかせる。

「寝違えたのかな？」

首と肩を動かすと、バキバキと音が鳴った。

「外で眠るからじゃい」

銀狼のギンちゃんは、フンと鼻を鳴らして魚のソテーを食べる。

「ドラゴンとワイバーンのノミ取りが大変だったんだ」

言いながら、クシュンとくしゃみが出てしまう。

「風邪《かぜ》ひいてない？」

ティアがコツンと、俺におでこを合わせてきた。

「大丈夫大丈夫」

再度、ゴキゴキッと首と肩を回してリフレッシュする。一日くらい我慢《がまん》すれば大丈夫だろう。

「私はあいつらの世話なんかせんぞ」

ギンちゃんは窓の外に目を光らせる。

外ではドラゴンとワイバーンが日向《ひなた》ぼっこしていた。その近くを、ギンちゃんの娘のハクちゃんがウロウロしている。

「カッコいい……」

ハクちゃんはドラゴンとワイバーンを見て目を輝かせている。時折、体をツンツンして歓喜の声を上げる。

「すっごく硬い！」

ハクちゃんは初めて見るドラゴンとワイバーンに夢中だ。

一方のギンちゃんはその様子にご機嫌斜《なな》めだ。皿を噛《か》み砕くような勢いでスープを飲んでいる。

「仲良しだね」

微笑むとギンちゃんは苦々しい顔になる。

「我が娘ながら困ったもんじゃ」

ギンちゃんは食べながら耳をぴくぴくさせる。

ドラゴンとワイバーンがハクちゃんに襲い掛からないか、警戒しているのだろう。

「そんなに警戒しなくて大丈夫だよ」

「ふん」

ギンちゃんは食べ終わると、ご馳走様《ちそうさま》をして食器を台所に持って行った。

「今日はどうする？」

ティアは俺と同じペースで食事をする。

「今日は一日のんびりしたいね……」

「れいや。あそぼ」

突然、耳元で声がしたのでビックリする！

俺が振り返ると、ダイヤモンドドラゴンが窓の外から首を伸ばしていた。

「何して遊ぶ？」

頭をわしわしと撫《な》でると、ダイヤモンドドラゴンは気持ちよさそうに目を細める。

「おさんぽしよ」

何だか俺、ワンちゃんを飼ってる気分になってきた。

「良いよ」

「やった」

長い舌で、べろべろと顔を舐《な》めまわされた。くすぐったくて可愛らしいけど、ちと生臭《なまぐさ》い。

「この子に名前つけない？」

ティアも、ダイヤモンドドラゴンの頭をなでなでする。

「ダイヤモンドドラゴンだから、ダイ君にしよう」

「この子って男の子なんだ？」

「ノミ取りの時に確認した」

ダイ君がごつごつ、ギラギラした頬っぺたですり寄る。肌がギザギザだから痛い。

「ティアもダイ君たちと一緒にお散歩しないか」

「だったらごはん食べちゃお」

ティアはパクパクと朝ごはんを呑《の》み込む。俺も急いで朝ごはんを片付けた。

「こりゃお主ら！　庭を歩き回るな！」

外ではギンちゃんが、ドラゴンとワイバーンの付けた大きな足跡に激おこだ。

「お空飛んで！」

ハクちゃんはワイバーンの背中に乗って、頭をぺしぺし叩いていた。

「平和だね」

ティアと顔を合わせて笑い合う。

一時はどうなるかと思ったが、これなら今後も平和に暮らせそうだ。

「いや、平和じゃなかった……」

安心した途端、朱雀《すざく》のことを思い出して額を押さえる。

「まぁ、あいつが暴れるってことは無いと思うけど」

魔界からやって来た不死鳥の魔王、朱雀は色々と変な奴だが、信用はできると思っている。

魔軍の内情を喋《しゃべ》ってくれたし、ダイ君たちに暴れろとは命令しなかったし、なぜか告白されたし。

「ただ、魔軍が攻めてきたことに変わりは無い」

魔軍が亜人の国を恫喝《どうかつ》してきた。これが問題だ。

亜人の国は、人間と魔軍の戦争に巻き込まれた。やがてここにも魔軍が攻めてくるだろう。

「ぷに！」

考え込んでいると、ティアが俺の頬っぺたをグイッと突っついてきた。

「麗夜はティアが守るから」

そしてギュッと抱きしめてきた。

「大丈夫大丈夫。怖くない。ティアに全部任せて」

さらに、頭をなでなでされてしまう。

「ごめんごめん」

恥ずかしくて頬が熱くなった。

「俺がティアを守る！　だから安心してくれ」

「うん！」

ティアが笑うと、花が咲いたように気分が明るくなった。

「片付けようか」

朝ごはんが終わったので食器を重ねる。

「ティアが食器洗うね」

「俺はテーブルを拭《ふ》いておくよ」

ティアと家事を役割分担する。隣で今か今かと鼻を鳴らすダイ君の喉を撫でる。

「準備が出来るまでもうちょっと待ってて」

ダイ君は小さく頷くと、首を引っ込めた。テーブルを拭きながら自分に言い聞かせる。

戦争を終わらせる。難しすぎて、俺の手に余ることだ。

でも俺とティアは強い。なら何とかなる。今はこの時を楽しもう。

「今日はいい天気だ」

窓から空を見る。晴天、絶好の散歩日和《びより》だ。

「ええい！　尻尾《しっぽ》を振り回すな！　羽ばたくな！」

外ではバッタンバッタン、バサバサと、落ち着きなくドラゴンとワイバーンが動き回っている。

お掃除中のギンちゃんは相変わらず、庭に尻尾や足で跡ができるたびに毛を逆立たせ、芝生《しばふ》が翼の突風で吹き飛ぶと、ギャアギャアと威嚇《いかく》していた。

「ねえねえ！　こっち見て！」

ハクちゃんはドラゴンやワイバーンに片っ端から話しかけているみたい。

「二人も連れて行こう」

のどかな風景に、思わず笑みが零《こぼ》れた。

「れいや」

ダイ君が再び窓から顔を出してきた。

「すぐ行くよ」

苦笑しながら手早くテーブルを拭く。そこでふと思いつく。

「散歩の時、背中に乗って良いかな？」

ドラゴンの背中に乗って空を飛び景色を眺める。夢にまで見た光景の一つだ。

「いいよ」

ダイ君はゴロゴロと喉を鳴らした。

準備が済むと、ティアとギンちゃんとハクちゃんと一緒に庭に集まった。

「ほ、本当に乗るのか？」

ギンちゃんがビクビクと顔をひくつかせた。怖がっているのか、尻尾はぶわっと大きくなってる。

「乗ってみよ。きっと楽しいよ」

ティアはワクワクしながらギンちゃんの手を握った。

「そ、空を飛ぶんじゃろ。落ちたら死んでしまうぞ」

ギンちゃんは目に涙を溜めている。ジェットコースターに乗りたくないお母さんみたいだ。

「お母さん！　早く早く！」

一方、好奇心旺盛《おうせい》なハクちゃんは、ダイ君の背中でぴょんぴょん跳ねていた。

「ハクちゃんは行く気満々なんだから、一緒に行こうよ」

ダイ君の背中に鞍《くら》をつけながら苦笑する俺。慌てるギンちゃんが可愛らしい。

「おい」

突然バチンとダイ君が揺れた。

顔を上げると、エメラルド色をしたドラゴンが、不機嫌な様子でダイ君を睨《にら》んでいた。

ダイ君もそれに応じ、エメラルドのドラゴンにグルルッと唸《うな》った。

雰囲気から考えると、エメラルドのドラゴンが尻尾でダイ君の顔を叩いたんだ。

「れいや、おれのせなかのる」

エメラルドのドラゴンがそう言ったので、俺はがくりとずっこけそうになった。

誇り高いドラゴンが人間なんか背中に乗せるな。そう言うかと思ったけど、事実は違った。

「れいや、おれがすき」

ダイ君が牙《きば》をむき出しにすると、エメラルドのドラゴンも牙をむき出しにする。

なぜ一触即発《いっしょくそくはつ》になるんだ。

「なんで怒ってるの」

ティアは不思議そうに首を傾げる。

「どうどう！　どうどう！」

ハクちゃんは唸るダイ君の頭を撫でる。

「やっぱりドラゴンは野蛮《やばん》じゃ！」

ギンちゃんは顔を真っ赤にして吠《ほ》えた。

「どちらも落ち着いて」

騒ぎがデカくなる前に、ダイ君とエメラルドのドラゴンの間に入る。

「今日はダイ君の背中に乗る約束なんだ」

「おれのほうがうまくとべる」

エメラルドのドラゴンは瞳孔を小さくして、ダイ君を睨《にら》む。

「おまえよりおれはつよい」

ダイ君も睨み付ける。お互い一歩も引かない。

「こら！」

そこにティアの怒鳴り声が響いた！

ダイ君とエメラルドのドラゴンがびっくりしてひっくり返る。

「麗夜の言うこと聞かないとダメ！」

ティアはお姉ちゃんのように、聞き分けの悪いダイ君たちを叱《しか》った。

「ごめんなさい」

二匹はシュンと頭を下げながら、力ない声で謝った。

「今日はダイ君の背中！　エメ君は明日！　良いね」

ティアは仁王立ちしながら言う。エメラルドのドラゴンはエメ君と呼ぶことになったらしい。

「……がまんする」

エメ君はいそいそとダイ君から離れた。

「あしたもおれのせなか」

ダイ君はダイ君で、ティアの提案に不満があるのか、チロチロとティアの頬っぺたを舐めて甘える。

「くすぐったい」

ティアはお姉ちゃんのように、ダイ君の頭を抱きしめた。

今のやり取り、何かおかしくなかったか？

「ティアって、ダイ君とエメ君が何を言ったのか、分かったの？」

「分かんない！」

ティアはダイ君をいい子いい子する。

「ただ、雰囲気で麗夜の言うこと聞いてないんだなって思った」

「そういうことか」

ティアがダイ君たちと会話したように見えたが、気のせいだったか。

何か違和感があるような。でもティアの言い分は理屈が通ってる。

考えても違和感の正体に気づかない。ならこれ以上グズグズしても無駄だ。

それよりも空の旅を楽しもう！

「なんで嫌な予感がするんだろう？」

何かとんでもないことが起きているような気がする。

「麗夜！　早く早く！」

ハクちゃんに声をかけられたのでハッとする。ティアもギンちゃんも、ダイ君の上に跨《またが》っていた。

「悪い悪い」

俺は慌ててダイ君の背中に乗る。

「しゅっぱぁ～～つ！」

ハクちゃんはダイ君の頭の上に乗ると、号令をかけた。直後、ダイ君が飛び立つ。

続いて、九十九匹のドラゴンとワイバーンが一斉に飛び立った。

「すご！」

地面と垂直になって小さい雲を目指す。風切《かざき》り音《おん》が凄《すさ》まじい速度で耳元を通り過ぎる。

「ぎぃぇえええええ！」

ギンちゃんは涙目で鞍にしがみ付いている。悪いと思うが叫び顔が面白い。

「わははははは！」

先頭に居たハクちゃんがコロコロ転がってくる。

「にゃはははは！」

ティアは笑いながらハクちゃんをキャッチ。二人とも楽しそうだ。

「小さい雲かと思ってたけど、デカいな」

ダイ君が目指す雲は小さいと思っていた。ところが近づくにつれて、山のように大きくなる。

ズボリと雲に突っ込むと、一面真っ白な世界になる。

「死ぬぅうううう！」

ギンちゃんはもうパニックだ。失神して落ちないように体を支える。

ハクちゃんとティアは終始笑いっぱなしだ。見る物すべてが新鮮で気持ちいい。

雲を突き抜けると、地平線に太陽がギラギラと光っていた。

「これは凄《すご》い」

地平線が丸みを帯びている。足元には雲の島が大地のように浮かんでいる。

山は小さい豆粒で、湖は水たまりのようだ。

目を凝らすと地平線の先に水平線が見えた。キラキラと太陽の光が反射している。

「たのしい？」

ダイ君は空中で停止すると、こちらに長い首を向ける。

「とっても楽しいよ」

「よかった」

ダイ君は柔らかく微笑んだ。まさかドラゴンの微笑みが見られるとは思わなかった。

「いくよ」

ダイ君はばっさばっさと翼の動きを速める。

「良いぞ」

言うや否や、ダイ君はロケットのように加速した。

「あ……あ……」

カクンとギンちゃんの体から力が抜ける。支えておいて良かった。

「気持ちいぃいいいいい！」

ハクちゃんはお母さんが失神したのに元気いっぱいだ。

ティアはうっとりと目を閉じて、空の気持ちよさを味わう。

「こっちも凄いな」

後ろから付いてくるドラゴンとワイバーンの群れに目を移す。彼らは見事な編隊を組んで飛んでいる。一分の乱れも無い。

威圧感たっぷり。これを見たら、戦争しようなんて思う奴らは居なくなるだろう。

ダイ君は亜人の国の国境に沿いながら飛ぶ。どうやら亜人の国を一周するつもりのようだ。

「凄いな」

美しく雄々しいドラゴンとワイバーンの姿に、思わずため息が出る。

「なにが」

ダイ君が速度を緩めて呟きに反応する。

「皆、すっごく綺麗《きれい》に飛んでる。全然乱れない」

ダイ君は再び空中で停止する。

「たのしい？」

「とっても楽しいよ」

ニコリと微笑む。一人だけ気絶してるけど。そろそろ降ろした方が良いな。

「うれしい」

ダイ君はぐるぐると喉を鳴らして喜ぶと、後方の部隊に鳴き声を上げる。

「なに」

リーダー格と思われるドラゴンとワイバーンが集まってきた。

「れいや、たのしいって」

「たのしい」

「きれいだって」

ダイ君たちは尻尾を振り回してひそひそ話をする。

「がんばる」

ダイ君が鼻息を荒くすると、リーダー格のドラゴンとワイバーンは再び部隊に戻った。

「みてて」

ダイ君は突然、翼を閉じて落下し始める！

「うはははは！」

「うきききききき！」

ハクちゃんとティアは大喜びだ。ギンちゃんは気絶中だから声も出ない。

「このままじゃエルフの城に突っ込むぞ！」

さすがに危機感を覚えたのでダイ君に叫ぶ。

「だいじょうぶ」

そのまま城に激突するかと思われたが、ダイ君は翼を広げて上昇を開始する。

突然の落下から突然の上昇。Ｇが全身を襲う。胃の中の朝飯が回転を始めた。

「目が回ってきた」

絶叫マシーンと同じだ。体の負担が凄い。

「凄い凄い！」

でもハクちゃんとティアはへっちゃらだった。

「たのしい？」

クルクルッとダイ君の愛らしい声が聞こえた。

「楽しいよ」

ちょっと頬が引きつる。もうちょっと手加減して欲しい。

「よかった」

ダイ君は地面と水平になると低空飛行を開始する。一回の羽ばたきで竜巻が巻き起こる。

「うえみて」

ダイ君の言葉に従い、空を見上げる。

九十九匹のドラゴンとワイバーンが編隊飛行を行っていた。まずはハートマークを作る。

なぜドラゴンとワイバーンがハートマークを知っているのか謎だが、絶景の前では些末《さまつ》なことだ。

さらにハートはダイヤの形になり、次にクローバー、最後はスペードになる。

滑《なめ》らかな動きだ。ケチのつけようがない。

「「おおおお！」」

ハクちゃんとティアは絶賛の拍手をする。

「面白いな」

ダイ君の頭を撫でる。

「うれしい」

今度はダイ君の番だ。体を四十五度まで傾けて飛行する。世界が斜めになって流れる。

さらに角度は六十度、九十度ときつくなる。

「ちょっと待って」

止める間もなく百八十度回転する。

俺たちはダイ君の背中から落っこちた。四人して地面に真っ逆さまだ！

「麗夜！　ティアたち飛んでる！」

「落ちてんだよ！」

興奮気味に腕をパタパタさせるティアに突っ込む。

「なはははははは！」

ハクちゃんは変わらず楽しそうだ。

「何があったんじゃぁあああ！」

ギンちゃんは落下中に目を覚ましてしまった。踏んだり蹴ったりだな。

「皆構えろ！」

俺たちはエルフの城の庭に激突した。ドガンと激しい爆発音とともに土煙が舞う。

「さすがレベル10万以上。傷一つないぜ」

ゴホゴホと咳《せ》き込みながら土埃《つちぼこり》を払う。傷一つないが、学ランがボロボロだ。

「楽しかった！　またやりたいね！」

ハクちゃんとティアも無傷だ。服はボロボロだけど。

「なんでこうなったんじゃ……」

ギンちゃんは精神的ダメージでぐったりしている。スカートが破けてパンツ丸出しだ。

その時、エルフのラルク王子が、騎士を引きつれてやってきた。

「君は何をやってるんだ」

目が合うと吊《つ》り目で睨まれる。怒ってる。怖い。誤魔化そう。

「ちょっと、落下実験を」

「何言ってんだ君は？」

ラルク王子は上を指さす。

「まさかと思うが、あいつらは君が連れて来たのか」

上空では今もドラゴンとワイバーンが編隊飛行を行っている。

「そうだよ。カッコいいよね」

「ドラゴンが攻めてきた。竜巻が起きた。その他いろいろ苦情が来ている」

「マジで？」

「マジだ。魔軍が攻めて来たのかと、先ほどまで対策会議をやっていた」

ラルク王子の顔が引きつっている。大騒ぎだ。どうしよう。飼い主の責任問題になってる。

「麗夜じゃねえか」

そこにちょうど良く朱雀が通りかかった。

「朱雀はこんなところで何してんの」

「それはこっちのセリフだ」

朱雀は土まみれの俺たちに首を傾げる。

「朱雀は駐屯地《ちゅうとんち》に居るんじゃなかったっけ」

「散歩中だ」

マイペースな奴だ。一応敵地に居るのに、少しも怯《おび》えない。

「私は何があったのかと聞いているんだが」

ラルク王子の険《けわ》しい声が庭に響く。朱雀で話を逸《そ》らそうとしたけど上手くいかなかった。

「朱雀」

キッと朱雀を睨む。

「何だ？」

「この無残な状況を見ろ！　どうしてくれるんだ！」

「俺のせいにするのは無理があるんじゃないか？」

結局、ラルク王子に滅茶苦茶怒られた。

第二章　ドラゴンとワイバーンが魔王になって騎士になりました

ダイ君たちが来て一週間が経った。

「ええい！　尻尾を動かすな」

ギンちゃんはあれほど文句を言っていたのに、結局ダイ君たちの世話をするようになった。

今はエメ君の体を、鋼鉄製のブラシでごしごしとこすっている。

エメ君はそれを受け、甘えるように尻尾をバタバタ動かす。

「昔々ね。お姫様と騎士様が居ました」

ハクちゃんはダイ君たちに絵本を読み聞かせている。その表情は弟ができたみたいな笑顔だ。

「ごはんできたよ」

ティアは大量の肉を持ってくるとドサリとダイ君たちの前に置く。皆、美味《おい》しそうに食べている。

「平和だ」

湖のほとりで和《なご》やかに日向ぼっこ。結局ダイ君たちは家の近くで飼うことになった。皆が離れたがらないからだ。

「平和なのは良いんだけどなんかおかしくないか？」

目をごしごし擦ってダイ君たちを見た。

「育ちすぎだと思うんだけど……」

ドラゴンたちは五十メートルクラスに成長している。

ワイバーンたちも二十メートルクラスと、ドラゴン並みにデカくなっている。

魔界に住んでいたからか？　それともごはんを食べさせすぎた？

「麗夜様」

クルクルッとワイバーンのキイちゃんが話しかけてきた。

彼女は女の子で、ワイバーンのリーダーだ。キイちゃんという名前はキイキイ鳴くかららしい。

「様付けするなんてどうしたの急に」

凛とした声にビックリする。前はただどしかったのに。おまけに様付けされたから仰天《ぎょうてん》した。

「ハク様が、偉《えら》い人には様付けすると言ってました」

「俺が偉い人？」

「そうです」

赤い舌が、鋭利な牙の隙間からチロチロ見える。

「様付けなんてしなくていいのに」

「でも、麗夜様は偉い」

すんすんと鼻を近づける。何となく、何をして欲しいのか分かった。

「ありがとう。偉いぞ」

頭を撫でると、硬いうろこと角がザリザリと音を立てる。

「褒められた」

キイちゃんは嬉しそうに体を左右に揺らした。

そこにエメ君がのっしのっしと来て横に並ぶ。

「麗夜様。お散歩しませんか」

恭《うやうや》しく体と頭を下げる。体を小さくさせても小山のように大きい。

その姿はエメラルドの鉱山みたいだ。

「お前は昨日乗せた」

ガキンガキンとキイちゃんがエメ君の体に牙を立てる。

「今日は私の番」

「うるさい」

牙をむき合ってお互い牽制《けんせい》する。全く、わがままな子たちだ。

「キイちゃんはハクちゃんが何を言っているのか分かるの」

ちょっと待てよと思った。

「分かります」

「俺も分かる。ティア様の言葉もギン様の言葉も」

お互いどっちが凄いか、子供のような言い合いを始める。俺は嫌な予感がして何も言えない。

「これこれ。喧嘩《けんか》はやめんか」

見かねたギンちゃんが仲裁に入った。

「今のお主たちは、麗夜や周りに迷惑をかけている。それは分かるか」

二匹はギンちゃんに叱られると、あたふたと首を動かして周りを確認する。

困ったなぁと苦笑するティアと、ムッとするハクちゃんが居た。

「ごめんなさい」

二匹とも素直に謝る。

「分かればいいんじゃ」

ギンちゃんは子供に言い聞かせるように窘《たしな》めた。

「ギンちゃん」

「なんじゃ」

今のやり取りがとてつもなく気になったので聞いて見る。

「ギンちゃんは二匹が何を言ったのか分かるの？」

「分かるぞ。それがどうかしたか」

ギンちゃんは不思議そうな目をする。

「何でもない」

色々疑問だが、考えても仕方ない。迷惑をかけている訳でもないし。

「おーい」

唐突に朱雀が不死鳥姿で空から飛んできた。

「どうしたんだ、難しい顔して」

朱雀は着陸すると同時に人型になる。

「別に」

客人が来たので立ち上がる。座りっぱなしは行儀悪い。

「お茶でも飲みに来たの」

朱雀は用がなくてもちょくちょく顔を出す。大抵は告白だったり口説き文句だったりと下らない話をしにくるのだが、たまにラルク王子や町の人々の伝言を持ってくることがある。

「冒険者ギルドの姉ちゃんから伝言だ」

「どんな伝言」

「雇ってくれだってさ」

「雇ってくれ？　何を」

「家族亭の従業員としてだ。あいつらはよほどお前の店が好きなんだな」

そういう話か。

「自分たちが切り盛りするから、家族亭を再開して欲しいってことかな」

「そんなところだろ。よほど好かれてるんだな」

悩ましい提案だ。彼らに任せていいのだろうか？

しかし、このまま放っておくと家族亭は潰れてしまう。

「ティア、ギンちゃん、ハクちゃん」

自分一人では決められないので三人の意見を聞く。

「なに？」

ティアが微笑みながら首を傾げると、ハクちゃんも真似して首を傾げる。

「町の人たちが家族亭の従業員になりたいんだってさ」

「それって、ティアたちが居ない間は、お店のお留守番してくれるってこと？」

「そういう認識で構わないだろ」

「なんでそんなこと言ってきたの？」

「家族亭を潰したくないってことだ」

隣に立つ朱雀はキセルに火を点《つ》ける。

「ここは禁煙だ。吸いたいならどっかいけ」

「つれねえな」

半笑いしながら火を消す。

「確かにこのままだとお店が潰れちゃう」

ティアは悩ましいといった感じだ。

「手伝って欲しい！」

ハクちゃんはノリノリな感じだった。

「良いのかい」

「だって皆良い人だよ。一緒に働きたい！」

ハクちゃんはワクワクを隠し切れず、ソワソワしている。

「私は反対じゃ。よそ者は要らん」

ギンちゃんは目を吊り上げた。

「あの店は私たちの縄張りじゃ。荒らされては堪《たま》らん」

ギンちゃんらしい答えだ。

「最後は麗夜がどうしたいかだね」

ティアは悩んでも埒《らち》が明《あ》かないと言わんばかりにニッコリした。

「俺が決めて良いのか」

「だってあのお店は麗夜のお店だもん」

一点の曇りもない目。本心で言っている。

「私は反対じゃ」

ギンちゃんも迷いなく反対する。ぐるぐると不機嫌そうだ。

「しかし、どうせ私の意見なんぞ聞かんじゃろ」

ぷくっと頬っぺたを膨らませる。

「そんなことは無いよ」

「今までそうじゃった。今回もそうじゃ」

拗《す》ねてしまった。ハクちゃんよりも子供っぽい。

「私は皆と一緒にお料理したい！」

ハクちゃんはとにかく楽しそうだ。

「町に行って皆に会ってみよう」

家族亭を潰したくはないが、他人に任せていいか不安だ。だから確かめたい。

「ティアたちはどうする？」

「ダイ君たちの世話を頼む。夕暮れには戻るから」

「分かった。いってらっしゃい」

俺はティアの笑顔に見送られて、町へ出発した。

「良い恋人っぷりだ」

道中、朱雀がキセルを吸いながら笑う。

「お前が入り込む余地無いから」

「俺の情熱はどんな障害にも屈しない！」

スルリと肩を組まれる。

「いつか俺を見直すさ」

「離れろ」

手の甲を抓《つね》ってやった。

町に着くと懐かしさで胸が温かくなる。一週間くらいしか経ってないのに懐かしさを感じるとは。

「第二の故郷かな」

町は落ち着きを取り戻している。露店も店も繁盛《はんじょう》している。人通りも以前と変わりない。

「麗夜様。お帰りなさい」

そして町の人々は、いつもと変わらず挨拶《あいさつ》してくれる。

「ただいま」

手を振ると、振り返してくれる。お辞儀する人も居る。

「良いねぇ！　さすが俺の恋人！」

なぜか朱雀は感動している。涙まで流してる。

「なぜお前が喜ぶ。あと恋人じゃねえ」

「惚《ほ》れた男が人から好かれる。そんなところ見たら感激するのが恋人だ！」

「だから恋人じゃねえって」

「いつか俺の良さが分かるさ」

話を聞かねえ奴だ。もう分かってることだけど。

朱雀は放っておいて冒険者ギルドに入る。

「久しぶりね」

さっそくギルド長が迎えてくれた。

「朱雀から話は聞いてる」

「お茶を出すから奥へどうぞ」

笑顔とともに奥へ案内される。朱雀も一緒だ。

「なぜお前まで来る」

「今回の件は俺が提案したんだぜ」

「お前が提案したのか。なんで？」

「恋人の店を守るのは当然だろ」

ダメだなこりゃ。話にならない。

「こっちへどうぞ」

奥に通されてソファーに座る。朱雀も隣に座る。鬱陶《うっとう》しいけどもういいや。めんどくさい。

「話を聞かせてくれ」

俺は単刀直入に話を切り出した。回りくどいのは性《しょう》に合わない。

「家族亭は、私たちにとっても思い出深いお店なの」

ギルド長は紅茶を三つ出すと、経緯を語った。

「家族亭が休業したら、なんだか胸に穴が空《あ》いたみたいで」

「そんな大げさな」

「本当のことよ」

ギルド長は紅茶を一口すする。

「家族亭が無くなって、お砂糖が無くなった。また渋い紅茶に逆戻り」

ギルド長は弁当箱からサンドイッチを取り出す。

「見て。痩せたレタスしか入ってない。ハムもチーズも無しよ」

一つとってもっさもっさと食べる。

「食べてみて。味気ないから」

一つ手渡されたので受け取る。朱雀は断りもなくサンドイッチに手を出す。

「パンにレタスを挟んだだけだ」

朱雀はある意味当たり前のことを言う。

「塩コショウ、醤油、マスタード、マヨネーズ。どれか欲しいな」

「作り方は分かっても材料が無いのよね」

ギルド長は朱雀の意見に同調する。どうやら二人とも、仲が良いようだ。

「二人って仲良しなんだな」

「意外？」

「意外です」

ギルド長は朱雀を見てクスクス笑う。

「朱雀さん、良い人よ。あなたが大好きで」

「俺もギルド長が大好きだ。麗夜の偉大さを良く分かってる」

二人ともこそばゆいことを平気で言う。

「でも、男の冒険者を手当たり次第に口説《くど》くのはいただけないわね」

「おいおい！　麗夜の前でそんなこと言うな！」

朱雀は俺の両手を握る。

「信じてくれ！　俺はお前一筋だ！　ただ良い男に会うとどうしてもって感じで。だけどベッドまでは行ってない！　最後の最後は耐えてる！　俺のベッドはお前専用だ」

「喧《やかま》しい」

手を振りほどいて裏拳《うらけん》を顔面に叩き込む。

「仲が良いのね」

ギルド長はクスクス笑った。

「話を戻して良いかしら」

「そうだね。ふざけてる場合じゃないね」

ぐったりする朱雀は放っておく。これで静かになった。

「そこまで家族亭を好きになってくれたんだ」

自分のやりたいようにやっただけだけど、喜んで貰えたのなら本望だ。

「教会もできれば再開して欲しいって言ってるわ」

「教会ですか」

「子供たちがオレンジジュースを飲みたいって泣いてるらしいわよ」

子供たちの顔を思い出すと、ジクリと胸が痛んだ。

「分かりました。お店を任せます」

「そう言ってくれると思ってたわ」

ギルド長はニヤリと笑う。中々の策士《さくし》だ。俺の心情を読んでいる。

「ただ、経営とか料理とかには口出しさせてもらうよ」

「もちろん。あなたの助けが無いとやっていけないからね」

悪戯《いたずら》っぽくウインクする。手練《てだ》れだ。

「今日は帰らせてもらう」

「従業員の候補はこっちで選んでおくわ」

「何人引き受けてくれるかな」

「百人でも二百人でも。皆、家族亭が大好きなの」

「書類審査が大変だ」

微笑みとともに握手を交わした。

話を終えて朱雀と一緒に帰宅する。

「良い男に良い女。絵になる光景だった」

朱雀は隣で歩きキセルをしながら豪快に笑う。

「なんで俺についてくる」

俺はため息しか出ない。

「今回の話は俺の功績だろ。ちっとくらい良いじゃねえか」

唇を尖《とが》らせる。ガタイの良い男がそれをやると複雑な光景だぞ。

「別に良いよ」

朱雀の目が輝く。

「麗夜！　ついに俺のことを！」

「面倒だからだよ」

ただ、朱雀のおかげで皆の話が聞けた。それはありがたかった。

「うちは禁煙だ」

「分かってる」

「庭もダメだぞ。臭いが移る」

「俺は我慢強い男だ。一日くらいキセルを吸わなくたって我慢できる」

ある意味そうだな。苦笑するしかない。

そんなことをしていると、あっという間に家に着いた。

ダイ君たちはどうしているのかと気になったが、寝床付近には誰も居ない。

「あれ、散歩に行ったのかな」

今は夕暮れ時だ。夕焼けの中を飛ぶのも楽しいのかもしれない。

「ただいま」

玄関を開けて中に入る。

「「「お帰りなさいませ、麗夜様」」」

騎士たちが一斉に跪《ひざまず》いた。

「……」

騎士は男性女性と様々だ。歳もバラバラだ。しかし誰も彼も美形であることに変わりはない。

特徴的なのは瞳だ。ドラゴンやワイバーンのような形をしている。

また、ある者はダイヤのようにキラキラしており、ある者はエメラルド色だった。

礼服を身にまとい剣を提《さ》げている。一般の騎士ではなく、演劇など物語に出てくる騎士の格好だ。

「どうされました？　何か失礼が」

女性の騎士が不安げに近寄る。

俺は動けない。

「皆どうしたの」

ハクちゃんがお姫様のようにトコトコやってきた。

「麗夜だ！　それに変なお兄ちゃん」

ハクちゃんは体当たりするように胸に飛び込んできた。

「ハクちゃん。この人たちは誰」

表情筋が硬い。話すのが大変だ。

「ダイ君たちだよ」

ハクちゃんは当然といったように胸の中で甘える。

「ダイ君たちってドラゴンとワイバーンのこと」

「そうだよ。分からないの？」

怪訝《けげん》な顔をする。分かる訳が無い。

「ど、どうされました」

「や、やはりまだ付け焼き刃だったか」

百人のドラゴン騎士とワイバーン騎士が狼狽《うろた》える。

「お帰り」

そこにティアもやってきた。

ティアが現れると、騎士全員がティアに頭を下げる。

「皆大げさだよ！　もうちょっとこう、フワッとした感じ？」

「フワッとした感じですか」

「絵本でもお姫様にいちいち頭を下げなかったでしょ」

「しかし、騎士は王に跪くのが礼儀だと」

「麗夜はそこまでかしこまったの好きじゃないから。リラックスリラックス」

ティアはにこやかだ。ハクちゃんもにこやかだ。慌てる俺がおかしいのか？

「お主ら。気が済んだらサッサと掃除じゃ」

ギンちゃんがパンパンと手を叩いて奥から現れる。

「お主らのせいで庭が滅茶苦茶なんじゃ。責任もって掃除するんじゃ」

「しかし、麗夜様が居ます」

「確かに麗夜はお主たちの主《あるじ》じゃ。だがお主らの主人は麗夜だけか？」

騎士たちは困ったように、俺とギンちゃんを見比べる。

「……ギンちゃんの言う通りにして」

それしか言えなかった。

「分かりました」

騎士たちは跪くと庭に行った。

「一応聞く。何があったの」

ティアとハクちゃんとギンちゃんに事情を聞く。

「皆がね、麗夜にお礼したいって言ったの」

なるほど。ありがたい。

「だから人間になったの」

ハクちゃん、話が飛んでませんか？

「どうやってお礼するつもりなのか、皆に聞いてみたの。そしたら騎士になりたいんだって。だから騎士になったの！」

ハクちゃんは興奮してキャッキャッと腕の中で跳ねている。

ティアはグッと袖をまくる。

「これで家族亭に戻れるね！」

「戻れるの」

「ごはんの作り方とかお洗濯とかお料理とか教えないとダメだけど、皆頭が良いからすぐに覚えるよ」

「ふーん」

俺が生返事すると、ティアが聞いてくる。

「どうしたの？　具合悪いの？」

「なんで誰も、ダイ君たちが魔王になったことに突っ込まないんだよ」

ティアたちと同じ現象だが、だからって急変しすぎだろ。

「楽園だ」

朱雀は隣で感涙していた。

第三章　狂った勇者

ダイ君たちが騎士になって三日が経った。今日も元気に朝から庭で特訓している。

まずは全員で素振りを千回行う。回数を数えるのは朱雀だ。

「一！　二！　三！」

「もっと早くしろ。このままだと日が暮れちまうぞ」

朱雀が数えるスピードを上げるとダイ君たちも素振りの速度を上げる。足がバタバタと乱れ始める。

「もっと丁寧にやれ」

素振りが雑になると始めからやり直し。かなりのスパルタだ。

「剣を教えられるんだな」

「カッコいいだろ」

意外だったので褒めると自慢げに笑う。

「素振りが終わったらどうするんだ」

「今日から俺と実戦形式。勝つまでやらせる」

「お前と？　あいつらはとてつもなく強いぞ」

「俺も滅茶苦茶強い」

凄い自信だ。

「ちょっと見物しようかな」

口だけかどうか見てみたくなった。

「今日は朝から家族亭に行くんだろ。時間大丈夫なのか」

「朝飯食ったら行かなくちゃいけないけど、できればどんな風に戦うか見たい」

「じゃあ頑張らせるか」

朱雀が手を叩く。

「お前ら麗夜の前でちんたらしてんじゃねえぞ。カッコいい所見せろ」

ダイ君たちはそう言われて表情を硬くする。

「これくらい楽勝だ！」

「見ててください！」

皆はやる気満々になる。素振りの速度は上がり、形も綺麗になる。

「朝飯持ってきた方が良いかな」

全員、気持ちの良い汗をかいて頑張っている。ご褒美に美味しいごはんを食べてもらいたい。

「ご褒美を見せたら集中できねえ。俺が作るから気にするな」

「料理もできるのか」

「鍛えられたからな」

誰にだろう？　朱雀の過去が気になってきた。

「麗佼、朝ごはんできたよ」

ティアが窓から身を乗り出して言った。

「分かった」

ティアに手を振るとダイ君たちにも手を振る。

「皆、頑張って」

「はい！」

全員力強い瞳で笑った。頼もしいと思いつつ家に戻る。

「しかし、魔王なのに騎士とはこれいかに？」

玄関に上がると現状の意味不明さにため息が出る。魔王って普通一人、多くて数人でしょ。

なんで百四人も居るんだよ？　百一匹の犬よりも数が多い。しかも全員最強クラス。

これがゲームだったらクソゲーって叩かれるぞ。

「ドラゴン魔王騎士とワイバーン魔王騎士」

属性過多だ。頭が痛くなってくる。

「どうしたんじゃ。もうごはんはできてるぞ」

ぼんやりしているとリビングからギンちゃんが顔を出した。

「何でもない何でもない」

作り笑いしながら食卓に着く。今日のメニューはチーズハンバーグとごはんだ。付け合わせにニンジンとインゲンに玉ねぎの炒め物。汁物はポタージュスープだ。

「……玉ねぎ、ニンジン」

ハクちゃんは大好物のハンバーグの前なのに、頬を硬くする。

「甘いソースがかかってるから美味しいよ」

精いっぱいフォローするが、ハクちゃんはムムムッと唸っている。

「皆揃ったね」

ティアが台所から戻ってくる。エプロン姿が可愛らしい。

「いただきます」

ティアが手を合わせると朝ごはんが始まった。

さっそくハンバーグを大きめに切って、大きく口を開けて食べる。肉汁が美味しい。

「今日はどうするの？」

ティアもハンバーグを切りながら聞いてくる。彼女は小さめに割ってから食べる派だ。

「今日は皆で家族亭に行こうと思う」

「ティアたちも行くの？」

「今日は従業員の面接。仕事仲間としてやっていけるか、気になるでしょ」

「仕事仲間」

ティアは複雑そうな顔になる。

「不安？」

「ティアは知らない人とお仕事するの初めて。不安」

小さく切り分けたハンバーグを行儀よく食べ進める。テーブルマナーは誰にも負けない。

「だからこそ面接するんだ。気に入った人と仕事するために」

「ふむ！　ならば頑張る」

ティアはごはんを口にかき込む。緊張しているのか、テーブルマナーを忘れている。

「よそ者なんぞ……」

一方ギンちゃんは仏頂面《ぶっちょうづら》だ。いらいらしているのか、ハンバーグは切り分けず、そのままガブリ。口にソースがつくのもお構いなしだ。

「口にソースついてるよ」

「そんなことより大丈夫なのか。信用できる奴らか。食われんか」

お皿を持ってスプーンでガツガツと炒め物を口に入れて、ニンジンやインゲンを噛み砕く。

「そのために会って欲しいんだ」

「変な奴らだったら全員首元に噛みついてやる」

縄張り意識が強いというか。でもギンちゃんのことだから文句言いつつ数日で慣れるんだろうな。

「ご馳走様！」

よそ見している間にハクちゃんが椅子を下りて、食器を台所に運ぶ。

「待たんかこのバカ娘」

もちろん、ギンちゃんはお皿の上に残っているニンジンやインゲンに玉ねぎを見逃さない。

「残さず食うんじゃ」

ギンちゃんはフォークでニンジンを刺すと、ハクちゃんの口元に突きつける。

「お母さん」

ハクちゃんは真剣な顔でギンちゃんを見つめる。

「食べるとニンジンさんが可哀そうだよ」

「どういう理屈じゃ！」

ガシッとハクちゃんを捕まえて、隣に座らせる。

「オオカミはお野菜食べちゃいけないんだよ！　毒だって！　本で見たもん！」

「こういう時だけ都合よくオオカミになるな！」

ギンちゃんはハクちゃんが食べきるまで逃がさないつもりだ。ハクちゃんは泣きそうな顔だけど逃げられない。

「ギンちゃん。嫌いな物は無理に食べさせちゃダメだよ」

ティアはハクちゃんの可愛らしさに負けて、ハクちゃんのお皿からニンジンと玉ねぎを取る。

「そうやってお前が甘やかすから好き嫌いするんじゃ」

ギンちゃんはギャアギャアとハクちゃんやティアを叱りつける。いつもの食卓風景だ。

「好き嫌いする子でも食べられるメニューを考えてみるか」

一方俺はハクちゃんの姿を見て、野菜ハンバーグというレシピを思いついた。

「野菜ハンバーグなんて嫌だ！」

ハクちゃんに心を読まれた。こういうところは鋭いんだから。


食事が終わったので皆と一緒に朱雀たちのところへ行く。

「こっちも素振りが終わったところだ」

朱雀は俺たちを見て肩を竦《すく》める。朱雀の後ろではダイ君たちが倒れ込んでいた。

「死屍累々《ししるいるい》だ」

これで特訓なんてできるのかな？

「これくらいで倒れるようなら騎士なんてならない方が良い」

朱雀は手厳しくももっともなことを言う。

朱雀は昔、どんな生活をしていたんだろう？　凄く知的な雰囲気がする。

ただのゲイだと高《たか》を括《くく》っていたが、実際は底知れない奴だ。

「お前らの騎士道の本には主の前で寝っ転がって良いって書いてあるのか」

朱雀はダイ君たちに目を移すと、厳しい言葉を投げつける。

「失礼しました」

ダイ君たちはふら付きながらも立ち上がる。

「お前らの騎士道の本には主の前で背筋を曲げていいって書いてあるのか」

朱雀は厳しい。倒れそうなダイ君たちにも容赦《ようしゃ》なしだ。

「失礼しました！」

ダイ君たちは歯を食いしばると、背筋をピンと伸ばしてお辞儀した。

「次の特訓を始める」

朱雀は懐からキセルを取り出すと手元でクルクルさせる。

「俺と戦え。全員でな」

「全員！」

耳を疑う。さすがに百対一は無謀だ。

「さすがにそれは僕たちを舐め過ぎではないでしょうか」

ビキッとダイ君のこめかみに青筋が立つ。エメ君など射殺す様な目で睨んでいる。

「お前ら如きに負けるほど弱くねえよ」

朱雀は馬鹿にするように笑う。これはヤバいんじゃないか？

「自惚《うぬぼ》れも大概にしろよ！」

「確かにあんたは強かった。だが俺たちも強くなった！」

ぐるぐるとうなる皆の瞳が細くなる。獲物を狙う肉食獣の目だ。

「強くなった？　自惚れてるのはお前らのほうだろ」

朱雀が失笑した瞬間、ダイ君たちは一斉に襲い掛かった。

「あぶな！」

ティアたちと一緒に急いで朱雀から離れる。

「シャアァアアア！」

ダイ君が朱雀の喉元目がけて鋭い爪を振る。

「ほっと」

ところが！　朱雀はキセル一本で受け流した。

「およ」

ティアが目をパチパチさせる。

「なんじゃ今のは」

ギンちゃんは何が起こったのか分からないと目を疑う。

「おお！　カッコいい！」

ハクちゃんは見事な朱雀の技に見とれていた。

「柔術か」

思わず俺は朱雀に感心した。

朱雀の体捌《たいさば》きは、ダイ君やティアといった魔王のように力任せではない。武術の達人のように力を受け流す戦法だ。

「今のは……」

ダイ君たちは何が起きたのか分からず、呆気に取られている。

「ぼうっとするな」

コツンとキセルでダイ君の頭を叩く。

「昼飯までに俺に一発でも入れたら褒めてやるよ」

朱雀が余裕の笑みを浮かべると、ダイ君たちは一斉に距離を取る。

「シャァアアア！」

ダイ君たちは気を引き締めて、再度朱雀に襲い掛かった。

しかし朱雀は流れるような動きで攻撃をかわしている。百人居るのに一発も当たらない。

「麗夜。そろそろ時間だよ」

茫然としていると、ティアに脇腹を突かれた。

「そうだな」

最後まで見たいが、仕事だと自分に言い聞かせて、家族亭に向かう。

「変なお兄ちゃん、凄く強いね！」

ハクちゃんは道中も興奮しっぱなしだった。

「何者なんじゃ」

「ティアたちより強い？」

ギンちゃんとティアも、朱雀が何者か気になるようだった。

「あいつ、手加減してたのか」

初めて出会った時のことを思い出す。

あの時朱雀はティアに完敗した。でもそれは、戦う気が無かったからじゃないか？　本気で戦っていたら、俺もティアも今頃死んでいたんじゃないか？

「油断ならないな」

朱雀……何者なのか、機会があれば聞いてみよう。


町に着くとさっそくギルド長に会う。

「これが志望者のリスト。皆信用できる人たちよ」

名簿を受け取って内容をサラッと見る。とりあえず、犯罪者は居ない。

「冒険者が多いな」

「最近、冒険者稼業が下火なのよ」

　ギルド長はため息を吐《つ》く。

「なんで」

「モンスターが亜人の国から居なくなっちゃったの。だからお金になる討伐クエストが全然なくて。被害が出ないから嬉しいことなんだけど」

　複雑そうな顔だ。

「モンスターが居なくなった？　ゴブリンも何もかも？」

「ゴブリンはもちろん毒トカゲに巨大蜘蛛も何もかも。何かから逃げたみたい」

「いつから居なくなったんだ」

「あなたたちが来てからすぐ。何か心当たりある？」

　ありません。

「俺たちの強さにビビったのかな？」

　誤魔化すために作り笑い。

「それにしては異常なのよね。まるで格上のモンスターを恐れてるみたい」

　そうだね、怖いよね。

「とにかく！　モンスターが居ないなら良いじゃない！　気にしないでいきましょう！」

「そうなんだけど、このままだと冒険者ギルドを廃業しないといけないかも」

ギルド長は悩ましいと頭を抱えた。

なんかごめんね。でもどうしようもないから諦めてね。

「志望者は百人か」

名簿リストに目を移す。かなり絞りこまないと。

「何人くらい雇うの？」

ティアが横から名簿を覗く。

「十人くらいかな」

料理の作り方など教えないといけないから百人全員は雇えない。

「教育の分担も考えないと」

今更になって色々考えないといけないことが出てくる。もっとしっかりした計画書を作っておくべきだった。

「ねえねえ。早くお店に行こう」

ハクちゃんが退屈過ぎたようで俺の周りをウロウロし始める。

「そうだね。まずは面接だ」

考えることは多いが、今はやるべきことを一つ一つやって行こう。

面接場所は家族亭の二階だ。控え室は一階の食堂だ。一人一人、ギルド長に連れて来てもらう。

「次の人どうぞ」

そう言うと階段から若いエルフの女性がやってくる。

「ダメじゃな」

いきなりギンちゃんが不採用を言い渡した。

「ギンちゃん。せめて名前くらい聞こう」

またかとため息が出る。ティアやハクちゃんよりも人見知りだ。

「ふん」

ギンちゃんはそっぽを向いた。

「あの……」

エルフの女性はどうすればいいか、椅子の横で狼狽えている。

「座って良いよ」

ティアは俺と同じく、ハハッと苦笑しながら、女性を座らせた。

「名前は何？」

「エミリアです」

面接が始まる。基本はティアが質問する。俺とギンちゃんとハクちゃんはその様子を見る。

「エミリアさんは料理ができるんだね」

ティアはエミリアさんの特技の欄を見て目を輝かせる。

「私は冒険者ギルドの食堂で働いていました」

俺も経歴を聞いて興味を持った。

「どんな料理が作れるの」

「スープなど基本的なものは大体。パンも作れます」

そこからエミリアさんに色々な質問をした。どの答えも満足いく答えだった。

「嘘は吐いておらんな」

質問が終わるとギンちゃんが鼻を鳴らす。

「嘘なんて」

「人間は嘘を吐く生き物じゃ」

ギンちゃんが品定めするようにエミリアさんの体を眺める。

「だが、お主は違うの」

ギンちゃんはエミリアさんの誠実な態度を気に入ったようだ。

「お姉さんは玉ねぎ嫌い？」

ハクちゃんが真剣な目で死ぬほどどうでも良い質問をした。

「玉ねぎは苦手ですね」

エミリアさんが気まずそうに頬を掻く。

「お姉さんもそうなの！」

ハクちゃんは友達ができたというように目をパッチリさせる。

「玉ねぎって目が痛くなるから。辛《から》い味も苦手で」

「うんうん！」

ハクちゃんはその通りだと大きく頭を振る。

「麗夜！　この人良い人！」

「採用しても玉ねぎはレシピから外さないからね」

こんな感じで採用面接は進んだ。

面接に来た人たちは全員良い人だった。得意不得意はあるけど、それは俺や他の人でカバーできる。

計算ができなくてもウェイトレスはできる。料理ができなくても計算ができれば会計ができる。

掃除ができれば皿洗いだってできる。

「悩ましいな」

面接が終わると皆と一緒に、誰を雇うか悩む。百人から十人に絞り込むのは思った以上に大変だ。

「お仕事お仕事！　皆でお仕事！」

ハクちゃんはリンゴを食べながら足をパタパタさせる。全員合格のようだ。

「私は何も言わん。麗夜の好きにすると良い」

ギンちゃんは名簿を見ないでお腹を摩《さす》る。そろそろお昼の時間だ。

「お昼にしよ。何か食べたいものある？」

ティアは名簿を整理すると席を立つ。

「お肉ゴロゴロカレーライス！」

ハクちゃんは元気ハツラツに声を上げる。

「しっかり玉ねぎも入れるんじゃぞ」

ギンちゃんはティアが甘やかさないように鋭い目をする。とたんにハクちゃんの耳がしおしおになる。

「俺も手伝うよ」

「うん」

俺とティアは一緒に厨房へ向かった。

■

俺——新庄麗夜が亜人の国で楽しく過ごしている頃、人間領では大事件が起きていた。

「あの馬鹿ども！　ついにメイドを殺したわ！」

虐《いじ》めっ子の霧岡鈴子《きりおかすずこ》は、マルス32世の城で歯ぎしりする。

原因は同じく虐めっ子の中村健太《なかむらけんた》と宮崎武《みやざきたけし》である。

「このままじゃマルス32世も殺してしまうわ！」

ギリギリと歯ぎしりする。

麗夜を虐めた主要人物は田中哲也《たなかてつや》と鈴木智久《すずきともひさ》、中村健太、宮崎武、霧岡鈴子の合計五人である。

そのうちの二人、田中、鈴木はティアによって倒された。残ったのは中村と宮崎と霧岡の三人となる。

霧岡と中村、宮崎は田中や鈴木と違い、召喚者のマルス32世の城に寄生する道を選んだ。

そちらの方が贅沢《ぜいたく》できるし、楽な暮らしができると考えたのだ。

考えは確かに当たった。三人は前線に向かった大山や、冒険者となって世に出た他のクラスメイトよりも良い生活を送っている。

しかし、霧岡は予測しなかった事態に戸惑っていた。仲間である中村と宮崎の暴走だ。

「このままじゃ私も殺されるかも」

霧岡は自室の鏡の前で冷や汗を流す。化粧が落ちて、醜《みにく》く荒れた肌が見えた。

「護衛になると思ってたのに、とんだ役立たず！」

霧岡は狂ったように独り言を呟く。

霧岡は虐めっ子の中でリーダー的な立ち位置だった。粗暴な田中や弱い者虐めしかできない鈴木より頭は良い。だから中村や宮崎も霧岡に従った。

霧岡自身、二人に利用価値があると思って傍《そば》に置いた。

それが今、言うことを聞かない化け物となっている。

「霧岡様。中村様と宮崎様がお呼びです」

部屋の外からメイドの声が聞こえた。霧岡の体がびくりと跳ねる。

「どんな用件」

「お酒と薬が足りないと」

霧岡は血が出るほど強く唇を噛む。

「分かったわ。私が持って行くから、あなたたちは絶対に二人に近づかないで」

「かしこまりました」

メイドの声が遠ざかる。すると霧岡は鏡をぶん殴って叩き割ってしまった。

「化け物め」

霧岡は歯ぎしりしながらも部屋を出て、厨房へ向かう。

「お酒を用意しなさい。食べ物も」

霧岡はとてつもなく度数の高い酒を数十本、キャスター付きのワゴンに載せる。

「薬は」

「こちらです」

メイドは皮袋をワゴンに置く。

「睡眠薬の一つでも欲しいんだけど」

「差し出がましいですが、おやめになった方が良いです」

「分かってるわ」

霧岡はメイドの忠告に舌打ちする。

以前、暴走する二人を抑えるため、睡眠薬を酒に盛ったことがあった。

確かに効果はあった。しかし睡眠薬が切れると、二人は何事かと怒り狂ってしまった。だからメイドは殺された。

「ちくしょう……」

霧岡は親指の爪をガジガジと噛む。

「くそどもが！」

悪態を吐くと、ワゴンを押して、二人の部屋に持って行った。

「まさか私を殺さないわよね」

部屋の前に着くと、霧岡はごくりと唾を呑む。

「大丈夫。少なくとも攻撃はできないはず」

深呼吸してドアをノックする。

「ああ？」

部屋の中からくぐもった声が聞こえた。

「霧岡よ。お酒を持ってきたわ」

「早くしろ」

声は死にそうなほど元気がない。それなのに霧岡は慎重に部屋に入った。

部屋の中は酒と薬の臭いで満ちていた。豪勢な客室なのに、そこら中に零《こぼ》した酒の染みがこびりついている。テーブルの上には洗っていない食器で山ができている。

壁は暴れたのか、ひび割れている。豪華な調度品は見る影もなく粉砕されていた。

「こっちに持って来い」

中村と宮崎はソファーに座っていた。

中村は頭痛を抑える様に頭を抱えていた。宮崎は目を見開いたままブツブツ言って笑っている。

「あそこに誰かいるぞ」

宮崎は天井の染みを指さし震える。

「気持ち悪くて仕方ねえ」

中村は床に唾を吐く。次の瞬間、胃の中の酒をおえっと吐き出した。

「お酒とごはんを持ってきたわ。薬もちゃんとある」

霧岡は引きつった笑みを浮かべる。

二人はアルコール依存症と麻薬中毒になってしまった。

理由は生活環境だ。マルス32世の城は酒も麻薬も何でも手に入る（麻薬の恐ろしさは広まっていないため、禁止されていない）。

二人は退屈だった。仕事が無いのは良い。しかしそれは冒険も何も無い、詰まらない日々だった。

そんな二人はお酒と麻薬に刺激を求めた。

二人は気軽に手を出した。霧岡も止めはしなかった。恐ろしさを知らなかったからだ。

ところが数か月経つと、二人の様子は一変した。

元から苛立《いらだ》ちやすい性格だった。人を侮辱する言葉も平気で吐く嫌な奴だった。

しかしそれでも理性はあった。通行人に喧嘩を売るようなバカなことなどしなかった。

それが今や、突然怒り出すようになった。平然と人を殺せる性格になった。

霧岡が恐れるのも無理は無い。

二人は荒れ狂う怪物となってしまったのだ。

「あ～あ」

そんな二人は酒と麻薬に手を伸ばす。勇者ではなく廃人だ。しかも力を持った異常者だ。

「じゃあね」

霧岡は恐る恐る、二人を刺激しないように、足音を殺して部屋を出た。

「どうにかしないと」

十分部屋から離れると、苦々しく壁に鉄槌を食らわせた。

そんな霧岡に、メイドが恐る恐る声をかける。

「霧岡様、マルス様がお呼びです」

霧岡は苛立たし気にメイドを睨み付けた。

「何の用」

「中村様と宮崎様のことでお話があると」

霧岡は深呼吸する。

「分かったわ」

霧岡は肩を怒《いか》らせて真っ直ぐマルス32世の部屋に向かった。

「何の用」

部屋に入るなり、横暴な態度でマルス32世を睨む。

「その、中村様と宮崎様のことで報告が」

「報告ですって？」

ドカリと椅子に座って足を組む。はしたないとは誰も言わない。言えない。

「皇都で大火災が発生しました」

マルス32世はガタガタと歯を鳴らす。

「それが私に何の関係があるの」

「その火災は中村様と宮崎様の仕業《しわざ》とのお噂が」

「なんですって！」

勢いよく立ち上がると、テーブルにあった花瓶をマルス32世の額に投げつける。

「なんであいつらが皇都に！　あいつらはここから一歩も外に出てないでしょ！」

「そのはずですが……」

マルス32世は額に手を当てて、流れる血を押さえる。

「本当にあの二人なの？」

「お二人を見たと証言がありまして。お二人が店の者と口論になって火を点けたとも」

霧岡は歯が砕けると思うほど歯ぎしりする。

「騒ぎになってるの？」

「死者は千人を超えています。そのため勇者の大山たちが調査に乗り出しています。もしかすると、ここに踏み込んでくるかも。そうなったら私たちは終わりです！」

マルス32世は真っ青な顔で叫ぶ。

「騒がないで」

霧岡も真っ青な顔で叫ぶ。

「皇都……宮崎は最強の魔術師。空間転移で飛んだ可能性も」

いよいよ始末する時が来た。霧岡は表情だけで語る。

「もうあいつらは要らないわ。たとえ無実だろうと殺さないと」

「しかし、お二人は最強の武術家と魔術師です」

霧岡は居ても立っても居られないと、部屋の中を歩き回る。

「毒殺はどう。お酒に混ぜるとか」

「可能かもしれません。しかし、万が一失敗した時を考えると」

二人は一緒に息を呑む。

「宮崎は最強の魔術師。もしも即死しなかったら、解毒する可能性も」

不安で仕方なく部屋を行ったり来たり。

「一つ提案があります」

「言いなさい」

「二人を亜人の国へ送ってはいかがでしょうか」

「亜人の国？」

霧岡は足を止める。

「あの二人を帝国領土に置くのは危険です。そこで亜人の国へ行かせるのです」

「亜人の国に送ったらどうなるの？」

「亜人の国は結界で守られています。入ることも出ることも難しい。そこへ送れば、二人は二度とこちらへ戻って来られません」

霧岡の表情が和らぐ。

「悪くないわね。でも捨てられたと分かったら強引に戻ってくるかも」

空間転移は結界すらもすり抜ける。

「霧岡様の出番だと考えます」

マルス32世の言葉で、霧岡は落ち着きを取り戻した。

「どんな風に洗脳すればいいかしら」

「亜人の国で召喚された勇者、という筋書きはどうでしょう」

「悪くないわね。ただ亜人の国を亡《ほろ》ぼす可能性があるわ」

「亜人の心配をするのですか？」

「亡ぼした後が問題なのよ。結局こっちに戻ってくるかも」

「記憶を消すのはどうでしょう」

「どうなるかしら。二人とも狂ってるから、上手く洗脳できるか分からないし、現に私の言うことを聞かなくなってる」

霧岡は椅子に座り直し、貧乏ゆすりを始めた。

「いずれにせよ、このままでは危険です」

「分かってるわ」

霧岡は舌打ちする。彼女は大山たちも中村たちと同じくらい、危険な存在であると考えていた。

「二人を亜人の国に捨てましょう」

霧岡は深くため息を吐いた。

「行き方は分かってるんでしょうね」

「亜人の国とは国交があるので、行くことは可能です。すぐに門前払いされると思いますが」

「入り口で捨てましょう」

霧岡はテーブルの水差しを手に取り、コップに水を入れる。

「亜人の国までどれくらいかかるの」

「馬車を飛ばせば一週間ほどで」

「長いわね」

水をごくりと飲む。

「一週間分の酒と薬と食料を用意しなさい。それと豪華な馬車と女」

「ご決断ありがとうございます」

「私も行くからしっかりと準備しなさい」

霧岡は部屋を出る。マルス32世は女神を見送るように、頭を下げた。


それから一週間後、霧岡は巨大な馬車に乗って、亜人の国の国境を越えた。

「霧岡様。国境を越えました」

馬車の扉から従者が顔を出す。

「あとどれくらい」

霧岡はメイドたちのマッサージを受けながら従者を睨み付ける。

「あと半日ほどです」

「あの二人は大人しくしてる？」

従者は力なく首を振る。

「再び女たちに手を上げました」

「女たちは死んだ？」

「一応、生きています」

「ならまだ安心ね」

霧岡は馬車の窓から百メートル先を行く二人の馬車を睨む。

「二人は怪しんでない？」

「酒と薬に夢中です。ここがどこかすら分かっていないと思います。もしかすると馬車に乗っていることすら分かっていないかもしれません」

「屑《くず》どもが」

霧岡は手で合図する。するとメイドの一人がワインを持ってくる。

「急ぎなさい。グズグズしてると洗脳が解けるわ」

「急がせます」

従者は頭を下げて扉を閉じた。

「まさか私の完璧な洗脳が通じないなんて」

グッとワインを飲み干す。目に見えるほどイライラしている。

「霧岡様、お気を確かに。あなた様のお力は本物です」

「分かってるわ」

霧岡はメイドの目を見る。メイドの目は洗脳によって虹色に輝いていた。

「頭が良い奴じゃないと洗脳できない。勉強になったわ」

霧岡は何杯もワインを飲んで、必死に恐怖と戦った。

それが功を奏したのか、霧岡は怪我一つなく亜人の国の入り口にたどり着いた。

さっそく二人が乗る馬車に移動する。

「二人とも、着いたわよ」

ニコニコと笑顔で話しかけると、二人は死んだ魚のような目で霧岡を見た。

「あなたたちのお城よ」

霧岡の瞳が虹色に輝く。

「あなたたちを召喚したのは亜人の国の王様。そうでしょ」

二人の目が虹色に輝く。しかし輝きは小さく、今にも消えそうだ。

「そうだったか」

霧岡は内心、焦《あせ》りまくる。二人は想像以上に洗脳されにくい体質になっていた。

「ほら！　亜人の国に着いたわ！　降りて降りて！」

中村と宮崎は濁った眼で霧岡を見つめる。

「どうでもいいか」

「酒はあるんだろうな」

二人が馬車を降りると、霧岡は胸をなで下ろした。

「あっちが亜人の国よ」

霧岡も馬車を降りると急いで亜人の国の入り口を指さす。

「ここってどこだ」

「腹減ったな」

二人はふらつく足取りで亜人の国へ入った。

霧岡は二人が亜人の国へ入ったことを確認すると、急いで馬車に飛び乗る。

「急いで戻りなさい！　グズグズすると殺されるわ！」

霧岡は振り返って亜人の国を睨む。

「ゴミどもめ。そこで思う存分遊びなさい」

霧岡は一目散に亜人の国を脱出した。

第四章　亜人の国の惨劇

中村と宮崎はおぼつかない足取りで大通りを歩く。

「なんだあいつら」

亜人たちは二人の様子がおかしいことにすぐに気付いた。しかし二人はそんな目などお構いなしに歩く。

「どうすんだっけ」

「喉渇《かわ》いたな」

二人は朦朧《もうろう》とする意識の中、夢の中を歩くように大通りを進む。

亜人の国の中心はエルフ国だ。入るとすぐに、木造建築の建物が並ぶ大通りに出る。

これはエルフが木の加工技術に優れているためだ。

ただ、時々レンガや石造りの建物もある。レンガや石造りの建物はドワーフが作ったものだ。

彼らは鉄や石の加工技術に優れていて、自分たちの技術に誇りを持って居る。

そこでは製鉄や武具製作が行われていて、夜中になっても、カンカンと鉄を叩く音が聞こえる。

大通りは、日本の六車線道路よりも広かった。

そのくせ馬車の往来は少ないため、通行量が多いのにガラガラに感じる。

馬車は馬人など獣人が取り仕切っているため、使用する人が少ないのだ。

大通りの路面は土埃防止に石造りとなっている。ただし大通りから外れると、地肌がむき出しになる。

道行く種族は様々だが、やはりエルフが多い。これは亜人の国の人々は自国領からほとんど出ないためだ。

一生そこで暮らす。種族ごとに生活や文化が違うのが理由だ。魚人が陸に住めないのと同じだ。

だから大通りを歩くドワーフやリザードマンは冒険者か商人だ。

皆、荷車を引くか、武骨な装備を身に付けている。

ただし子供は色々な種族が居る。彼らは孤児だ。孤児院はエルフ国にしかない。

身なりの良いのはエルフしかいない。

ここが自国領であることも理由の一つだが、エルフがオシャレで綺麗好きなことも関係している。

雑貨屋では色々な衣服が陳列されている。

上流階級は木綿のドレスや礼服が主流だが、羊など動物の毛を使った衣服もある。動物の毛はかなり高価だが、だからこそハクがつくというものだ。

装飾品は少なめが良いとされ、指輪をつける人は数えるくらいだ。指輪をつけている人はラルク王子など王族や特権階級が主で、そこに特権階級の証《あかし》である紋章が刻まれている。

中流階級は木綿のズボンとシャツが主流だ。女性はワンピース風な衣服が好まれるがシャツとスカートも主流である。

シャツは薄いピンクや薄い青など派手すぎず、それでも地味すぎない柄が好まれる。

形は色々で、フリルの付いたスカートやワイシャツもある。現代日本でも通用しそうな感じだ。

下流階級は農作業用の厚手のズボンとシャツが基本だ。オシャレよりも実用性を基本にしている。

大通りではまず見ない服装だ。

そんなところだからこそ、中村と宮崎は異常に目立つ。二人が酔っ払いのように千鳥足だからなおさらだ。

「耳長え」

中村は顔を上げると通行人を睨む。睨まれた通行人は危険を察知して遠ざかる。

「腹減った」

宮崎はふらふらと挙動不審に歩く。大通りの建物を曇った目で見る。

大通りの建物は民家が多い。ここに住むのは騎士や官僚など城で働く者が多い。城が近いため、すぐに出勤できる。大通りからさらに行った先は上流階級の家屋が広がる。

店は雑貨屋や酒屋、武具屋が並び基本的に騎士専用だ。城の中に食堂があるため飲食店はない。

二人は頭痛に耐えながら進む。

大通りを進むとラウンドアバウトに到着する。ここは大通りよりもさらに賑《にぎ》わっていた。

ラウンドアバウトは様々な店が並んでいた。装飾品専門店や衣服専門店、食堂、酒場、食料専門店など本当に色々ある。

原因はラウンドアバウトから五十メートル先にある冒険者ギルドだ。冒険者は変わり者で珍しい物好きなので、本来ならあまり売れない品物も買ってくれるのだ。

「レストラン」

二人はラウンドアバウトの中でも巨大な建物の前で立ち止まった。

その建物は二階建ての巨大アパートの様だった。周りの建物は一階建てがほとんどなので、それだけでも目立っていた。

外装も綺麗だった。壁はピカピカに磨かれている。

掃除がされているのはもちろん、漆《うるし》などでしっかり塗装されていることが分かる。

丸太づくりなのもセンスがいい。

太さや長さは揃えられていて、一分の乱れも無い。それでいながら温かさを感じる。

何より目立つのが長蛇の列だ。種族も服装もバラバラ。全員、今か今かとソワソワして待って居る。

「これで汚れを拭いてください」

店の従業員が笑顔で大きめの濡れタオルを配る。人々はそれで顔や手、足の泥を落としていく。

「これだけでも並ぶ価値があるな」

「恥ずかしいこと言わないで」

下流階級の夫婦が笑う。

「久々に肉が食いたいな」

「一週間ぶりにアイスが食べたいわ」

夫婦は笑いっぱなしだ。中村と宮崎はそれを眺める。

「ふーん」

二人はレストランに興味を持った。だから入り口に近づく。

「家族亭？　ダサい名前だ」

二人はケラケラ笑いながら長蛇の列を無視して入り口から入った。

「お客様。列にお並びください」

従業員のエミリアがすかさず注意した。

中村と宮崎の目に殺気が宿る。空気が凍る。

「れ、列に……」

エミリアは瞬時に、二人が危険人物であると悟った。

「い、いいよ！　先に行かせてやれ！」

「私たちは待ってるから」

抜かされた人たちも、大事になる前に止めに入る。

「退《ど》け」

中村は入り口で立ちふさがるエミリアを死んだような目で見つめる。

「列に並んでください！」

しかしエミリアは引かなかった。

「ルールを守れない人はお客様ではありません！」

「なら死ね」

中村は拳を握りしめると、エミリアの腹を殴った。

ズボ！　拳はエミリアの腹を貫《つらぬ》いた。

「え」

エミリアは信じられないという目をすると、口から大量の血を吐いた。

「はっはっはっは！」

中村はケタケタ笑いながら、エミリアをラウンドアバウトに投げ捨てる。

「うわぁあああああ！」

大通りに悲鳴が轟《とどろ》いた。

「バカみてえだ」

宮崎はへらへら笑いながら、逃げ惑う人々に手の平を向ける。

「プロミネン」

ドガン！　宮崎が唱える前に、亜人の国最強のパーフェクトチームのエルフが、宮崎の顔面を蹴り飛ばす。が、宮崎は詠唱をやめただけだった。

「き、効いてない」

「屑は死ね」

宮崎は睨むだけで、パーフェクトチームのエルフを簡単に爆散した。

冒険の無い日はいつも朝昼夕とごはんを食べに来た可愛らしい微笑みを、木っ端《こぱ》みじんにした。

「パーフェクトチームが！」

周りにいる人々は叫ぶ。

「パーフェクトチーム？　だせえ名前。死んだ方が良いな」

中村と宮崎はほくそ笑む。

「なんてことだ！」

人ごみから、パーフェクトチームのドワーフが鋼鉄製のワイヤーで中村と宮崎を拘束する。

「だが、敵《かたき》を討たねばならない！」

パーフェクトチームのリザードマンが眼力を込めると、中村と宮崎は火炎に包まれた。

「ぬるいな」

宮崎は余裕の笑みを見せつける。

「眠っちまいそうだぜ」

中村もせせら笑う。

「き、効いていない！」

二人は動じるが、もう遅かった。

「宮崎！　こいつらに本当の炎って奴を見せてやれ！」

中村が笑う。

「プロミネンス！」

宮崎の手の平から極太の炎が吹き上がる。

ラウンドアバウトと大通りは一瞬にして炎に包まれた。

人が、建物が、路面が、高温で焼け溶ける。人々の肌は爛《ただ》れ、真っ黒な炭に変わる。

火の粉《こ》が舞い上がる。人々の悲鳴が上がる。熱気で鉄すらも溶けていく。

家族亭にも火が燃え移る。中で人々がパニックになる。蒸し焼きになる。

麗夜が初めて作った思い出。ティアと過ごした楽しい日々。ギンちゃんとハクちゃんの笑顔。お客さんの感謝の言葉。従業員のいらっしゃいませの挨拶。すべてが燃えて行く。

「フハハハハハ！」

二人は地獄《じごく》のような状態の中で笑った。勇者の力を持った二人は、大火災の中でも無傷だった。

「このぉおおおおお！」

突然ハクちゃんが店から飛び出す。

「ばかぁああああああ！」

そのまま中村に頭突きをぶちかました。

「ぐは！」

とんでもない衝撃で中村は家屋を突き抜けて数百メートル吹き飛ぶ。

「中村！」

宮崎が叫ぶ。その瞬間、店から飛び出したギンちゃんの拳が炸裂する。

「ぽ！」

宮崎は中村と同じく家屋を突き抜けて数百メートル吹っ飛ばされた。

「何なんじゃこいつら！」

ギンちゃんはエプロンで口を覆う。水を被っているため少しはマシだが、いずれ衣服は火で燃える。

「こいつら！　許せない！」

ハクちゃんは洋服が燃えているのにも気づかないほど怒っている。熱と煙で喉が痛むのに逃げ出さない。

「早く逃げるぞ！　ここじゃ息もできん！」

ギンちゃんはハクちゃんを抱っこする。

「嫌だ！　あいつらを倒す！」

「麗夜のところに行くのが先じゃ！」

ギンちゃんは中村と宮崎を睨む。二人は死んでいなかった。

「くそったれ」

中村は平然と立ち上がる。

「許さねえぞ」

宮崎も平然と立ち上がる。

「無傷とは……何者じゃ」

ギンちゃんは歯ぎしりする。

二人は無傷だった。

「獄炎波」

宮崎は地面に手を付いて、暗黒の炎を放つ。

火山が噴火するように地面が盛り上がる。

「不味い！」

ギンちゃんは野生の勘で危険を察知し、脱兎《だっと》のごとく逃げ出した。

直後、ラウンドアバウトを中心に地面から黒炎が火山のように噴き出した。

その炎は次々と人や建物を燃やしていく。エルフ城も燃やしていく。

「何があった！」

騎士を連れて出立するところであったラルク王子も、一瞬で死んだ。

エルフ国から阿鼻叫喚《あびきょうかん》が巻き起こる。

地獄絵図が始まった。

「はっはっはっはっは！」

二人の勇者は地獄の中でも笑っていた。

■

俺——新庄麗夜は自宅の書斎で計画書を作るための勉強をしていた。

「どうすっかな」

机の前で一人、一文字も書けない書類に唸る。

「お茶飲む？」

そこにティアが紅茶とコーヒーを持ってきた。

「コーヒーをもらう」

「お砂糖は」

「たっぷり」

「ミルクは」

「それもたっぷり」

ティアが淹《い》れてくれたコーヒーを飲む。甘さと苦みで、溜まった疲れが出て行く。

「勉強大丈夫？」

ティアが微笑みながら近くの椅子を引きずってきて、隣に座る。

「大丈夫じゃないね」

苦いため息が出る。

「どんな勉強してるの」

ティアは机の上にある山積みの本を手に取る。

「エルフとドワーフの違い？」

本のタイトルを読み上げると、難しそうに眉を顰《ひそ》める。

「こっちは魚人と半魚人の違いって本だ」

手元にある本のタイトルを読み上げる。それだけで頭がくらくらする。

「難しい。ティアには分からない」

ティアはムムッとしながら本を戻す。

「食料調達について考えてたんだ」

愚痴《ぐち》をこぼすように悩みを話す。

「ごはんの？」

ティアは可愛らしい顔で首を傾げる。

「俺たちはチートで食料が作れる」

「便利」

「でも、これからは亜人の国の食料で料理を作りたい」

「なんで？　今のままで良いと思うよ」

「従業員を雇い始めただろ」

「うむ」

「これを機会に、チートから脱却したい」

「およ？」

ティアは良く分かっていないみたいだ。

「なんていうか、チートってズルって意味でさ」

チートを使って金儲け。最初は良いと思ったし、それしか方法が無かった。

だけど今は順調だ。切羽詰まっていない。それに家族亭は現在、一人勝ちのような状況だ。

そんな状態なのにチートを使い続けるのは、なんというか、気持ち悪い。

「ズルはいけない」

「そうそう。だからこれを機会に、皆と一緒の土俵で商売したいなって思ったんだ」

「麗夜は良い子」

なぜこの流れで頭を撫でられるのか分からない。気持ちいいけど。

「でもそのためには他種族から肉や魚、調味料などの材料を仕入れる必要がある」

「うむ」

「ところが亜人の国は種族間の差別や偏見がある。だから簡単に調達できないんだ」

背もたれに頭を乗せると、ギシギシと撓《しな》る。

「やっぱり夢物語だったのかな」

チートで成り上がった代償だ。チートを使わない正攻法となると、とたんに上手くいかなくなる。

「麗夜は立派」

ティアがギュッと俺を抱きしめる。くっつく頬っぺたはもちもちして温かい。だから愚痴が止まらない。

「勉強しても勉強しても、全然進まない」

机の上に山積みされる参考資料にため息が出る。一冊一冊が分厚くて読むのも大変だ。しかも読めば読むほど、簡単にはいかないと分かる。

どうすればいいのか、答えが出ない。

「焦らない焦らない」

ティアはニコニコと唇にキスをする。心がポッとして、疲れが抜ける。

「麗夜は凄いことしてる。だからティアは凄いと思う。チート使ってても凄いと思う」

「そうかな」

「チート使っててもみんな笑顔。ならゆっくりやろう」

ティアの笑顔を見て、力が抜けた。

「ラルク王子にでも相談するか」

立ち上がってググッと体を伸ばす。大あくびが出て涙も出る。

「明日からまた家族亭に行こう」

「勉強は大丈夫？」

「ゆっくりやればいい」

実現するのは二年後でも三年後でも十年後でもいい。

ずっとここで暮らすんだ。それくらいじっくりやっても罰は当たらない。

気晴らしに一階へ行く。すると窓から朱雀の声が聞こえた。

「ほらほら！　休むな休むな！」

窓を覗くと朱雀がダイ君と戦っている。戦っているというか、ダイ君が遊ばれているようにしか見えない。何せ剣もキックも空振《からぶ》りするばかり。

ダイ君は弱くない。振るう剣は剣筋が見えないほど速いし、体捌きも残像を残すくらい速い。

しかし朱雀はそんなダイ君をキセル一本で弄《もてあそ》ぶ。

朱雀がコツンとキセルで額を叩くと、ついにダイ君は倒れた。

「甘いねぇ。これじゃ麗夜の騎士なんて百年早い」

朱雀はあたりを見渡す。

ドラゴン騎士とワイバーン騎士は全員、打ちのめされていた。

「くそ……」

ダイ君は小鹿のように、ガクガクと震える足で立ち上がる。

「頑張ってるね」

負けず嫌いな皆に声をかける。

「麗夜様！」

皆、俺の声を聞くと一斉《いっせい》に体を起こし、跪いた。

「ダイ君たちは休んでていいよ」

そう声をかけてから、隣に居るティアに言う。

「お昼を準備しよっか」

一緒に厨房へ行って、冷蔵庫から蒸し鶏とチーズにレタス、食パンを取り出した。

「理屈が分かってなくても発電機が作れる。科学の勉強もしなくちゃ」

冷蔵庫の偉大さと、それを簡単に作れるチートに苦笑が止まらない。チート脱却はまだ無理だ。

蒸し鶏のサンドイッチを作る。マヨネーズを塗って挟むだけなのに、皆よく食べるから大仕事だ。

ティアは作り置きの生地とクリームを使って、シュークリームとショートケーキを作る。

クリームはチーズを混ぜていて、独特な風味と酸味と甘みがある。作るのはやっぱり大仕事だ。

「ティア！」

「スピードアップ！」

ガガガガガガとマッハで作る。二人がかりだと、やっぱりチートは手放せない。

こうなったらダイ君たちにも料理を教えよう。そうすればもっと普通の感じになるだろう。

「お昼はどう」

大きなワゴンにお昼とタオルを載せて皆のところに行く。皆、素振りの練習中だった。

「ありがとよ。皆、昼飯だ！」

朱雀が声を張り上げると、全員素振りをやめて、生唾を呑んだ。

「今は礼儀なんて気にしなくていいよ。それより汗拭いて、ごはん食べな」

「ありがとうございます！」

全員タオルで汗を拭くと、ガツガツとサンドイッチに食らいつく。俺とティアもサンドイッチを食べる。

「お勉強はもういいのか」

朱雀はサンドイッチを三つ、モグモグと口に入れる。

「ゆっくりやることにした」

「そうそう。やる気は結構だが体壊したら元も子もないぜ」

なんだか父親みたいなことを言う。

「ふむ。美味しいけど足りない」

ティアはペロリとサンドイッチを平らげた。お代わりしようとしていたが、それよりも早くダイ君たちがお代わりしていた。

「もうちょっと作っておけばよかった」

ショートケーキを食べる。変わったチーズケーキみたいで美味しい。

「しっかし、平和だな」

朱雀はお昼を食べると大あくびする。

「お昼が終わったら昼寝の時間にしたら」

「そんなことしたら、あいつらは明日の朝まで寝ちまうよ」

和《なご》やかな昼時だった。まったりした気分だった。

空は晴れやかで、湖から来る風は冷たくて気持ちよかった。

ドン！　突然、爆発音が響いた。ビリビリと木々が震え、湖の水面に波が立つ。

「なんだ」

俺が立ち上がると同時に、ティアと朱雀も立ち上がる。

「町が燃えてる」

ティアが指さす方向は町だった。そこから火の粉が巻き上がる。空を真っ赤に染めている。

「何があったんだ！」

亜人の国に爆発物なんて無い。そもそもこの世界は火薬すら広まっていない。

何が爆発したんだ？

「空に逃げろ！」

朱雀は大声を出すと、俺とティアを抱えてジャンプする。ジャンプした直後、朱雀は不死鳥に変身して空を飛んだ。

それに続いて、ダイ君たちも一斉にドラゴンやワイバーンになって空を飛ぶ。

「なんだ！」

混乱するばかりだった。だがすぐに朱雀の言うことが理解できた。

地面が盛り上がると、そこから黒色の炎が上がる。湖からも黒色の炎が上がり、湖を干上《ひあ》がらせる。

地面に居たら、黒色の炎が直撃していた。

「ギンちゃん！　ハクちゃん！」

ティアは森の中を走る二人を見つけた。すぐに腕から触手を伸ばし、二人を引き上げた。

「二人とも大丈夫？」

「服が焼けたくらいじゃ」

ギンちゃんとハクちゃんはゴホゴホと咳き込む。服は黒い炎で燃えている。

「炎に触るな」

服についた炎を触ろうとしたところで、朱雀が怒鳴った。

「黒い炎は呪いの炎だ。一度火が付いたら絶対に消せない」

「何じゃと！」

ギンちゃんはそれを聞くと、自分とハクちゃんの服を切り裂いて、下に放り投げた。

「チクチクする！」

服を脱いでも黒い炎は消えない。足先や手、首筋、顔、髪や地肌などについている。

ハクちゃんとギンちゃんは鬱陶しいと叩くが、燃え広がるだけ。

二人はとてもレベルが高い。だから大やけどは負っていない。それでも時間が経てば、いずれ力尽きてしまうだろう。

俺は何をして良いか分からず、見ていることしか出来ない。

「落ち着け」

突然、朱雀の体から真っ白な炎が湧き上がる。今度は何だと思ったが、その炎は俺たちを包み込み、黒い炎だけ消し去った。

「今のは何だ」

「俺は不死鳥、炎は家族みてぇなもんだ」

朱雀は炎の雲を作り出すと、そこに俺たちを乗せて、人型に戻った。

「じっとしていろ。すぐに元に戻る」

朱雀の言う通り、ギンちゃんとハクちゃんの火傷はすぐに治った。赤くなった程度の火傷だが、治って本当に良かったと思う。

「脱いだ服は戻らねえから気をつけな」

朱雀は地表に目線を落とすと、キセルを一服し、口から真っ白い炎を吐き出す。

その炎は地表を覆うと真っ黒な炎を消し去った。

さらに！　焼けた大地や干上がった湖も元通りにしてしまった！

「凄い」

何事も無かったかのように綺麗になった庭や家に安心する。

「獄炎なんて誰が使ったんだ」

朱雀はもう一度口から真っ白い炎を吐き出す。それらは森に広がり火災を止め、森林を蘇らせた。

「聖なる炎って感じだ」

「再生の炎って言った方が良いな」

朱雀は苦々しく町を見る。

黒い炎の中で、誰かが笑っていた。

「なんだあいつら」

突然の出来事で頭が追いつかない。

「あのバカども、またやりやがった」

朱雀が歯ぎしりした途端、再び大地から黒い炎が噴き上がった。

「お店燃えちゃった」

ハクちゃんは町が燃えるさまを見て、グスグスと涙を流す。

「すまん。私が居ながら……」

ギンちゃんは呆然と燃え落ちる亜人の国を見る。

黒い炎は止まらない。亜人の国を包み込んでいく。

「いったい何があったの」

ティアは涙を流す二人を抱きしめて、同じく涙を流す。

「変な奴らが来た……みんな燃えちゃった！」

ハクちゃんは死んでいった人たちの代わりに大粒の涙を流す。

「よく分からん人間が来た」

「よく分からない人間？　最初から説明して」

俺は状況を理解しようと必死だった。説明を聞いて落ち着こうとしていた。

「私は厨房で料理をしとった。ハクは客から注文を取っていた。普通に過ごしていた。そこで突然、血と炎の臭いがした」

「血と炎の臭い？」

「血の臭いはエミリアのものじゃった。炎はおそらくじゃが、二人の人間が放った。私は危険を察知して、水を被って厨房を出た」

ギンちゃんは疲れたのか、一呼吸置く。その間にハクちゃんが堰《せき》を切ったように喋る。

「私、皆とお話ししてた。今日は何食べたいとか、元気かとか」

ハクちゃんはちょっとだけウェイトレスをサボっていたようだ。もちろん責めるつもりなど無い。

「お話ししてたらね、いきなり血の臭いがしたの！　エミリアお姉ちゃんのお腹に穴が開いて！　男の人が笑ってて！　もう一人の男は手から火を出して笑ってた！　私、びっくりしちゃった！　助けられなかった！」

ハクちゃんは再び大泣きする。突然の出来事で体が動かなかったんだ。当然だ。

「二人とも、ありがとう。とりあえず深呼吸して」

過呼吸気味の二人の頭を撫でる。

状況は分かった。狂った人間がやってきて、殺戮《さつりく》を始めたんだ！

「勇者か」

朱雀は苛立ちを隠さずキセルを吸う。

「獄炎は炎魔法の中でも最上級クラス、もはや神魔法クラスの代物《しろもの》だ。魔王でも使える連中は居ない。人間だって使えない」

「勇者なら使えるのか」

「勇者は最強だからな。だからこそ、一国を焼き尽くすなんて楽勝だ」

俺は猛烈な吐き気を我慢できず、サンドイッチを戻してしまった。

「大丈夫？」

ティアが背中を摩る。だが、ありがたいと思っている暇はなかった。

「まさか……中村と宮崎」

二人の男と聞いて、俺を虐めた二人を思い出した。

だが本当にあの二人なのか？　さすがに別人じゃないか？

虐めっ子だからって、亜人の国を滅ぼそうとするか！

「どうする」

朱雀は冷ややかな目で亜人の国を見る。

「助けるぞ」

ここは俺たちの故郷だ。守らなくてはならない。

「そうこなくっちゃ」

朱雀は口から真っ白い炎を噴き出すと、俺やダイ君たちに纏《まと》わせる。

「お前らの出番が来たぞ」

朱雀はダイ君たちを見渡す。

「俺たちの出番」

全員、声が硬い。

「お前たちは騎士だ。なら麗夜たちの代わりに、あいつらを始末しろ」

朱雀の目は冷酷な魔王のものであった。


「死んだか！　あのくそ女！」

宮崎は狂気的な笑みで、焼け焦《こ》げた死体を踏みつける。

「やり過ぎだ」

中村は大地を蹴飛ばす。それだけで地面が抉《えぐ》れる。

「あのクソガキまで燃えちまったぞ！」

「良いじゃねえか！」

「あいつは俺が殺すんだったんだよ！」

中村が地面を踏みつけると地割れが起き、数十メートルのクレーターが出来上がった。

「酒も燃えちまったぞ」

中村は店の焼け跡から酒瓶を見つけて拾う。酒瓶の底は溶けていた。

「ふざけやがって！」

宮崎は再び獄炎を放つ。黒い炎が巻き起こる。

「俺まで燃やす気か！」

「俺たちは大丈夫だろ！」

二人は煤《すす》だらけになった服を叩く。

「これからどうすんだ」

中村は苦々しく焼死体や炎に包まれる世界を見渡す。

「霧岡のところに戻るしかねえだろ」

宮崎は目を瞑《つむ》る。

「こっちへ来い。空間転移するぞ」

中村は不服そうな顔で宮崎に近寄る。

「また前と同じじゃねえか」

「あんときもこんときもお前が先に殺しただろ」

「ノリノリで燃やしたのはお前だろ。騒ぎをデカくするな」

中村は宮崎の隣に立つ。

「しっかし、なんで霧岡は俺たちをここに？」

「とっつ捕まえて吐かせるか」

「もう遠慮はいらねえか」

「最近俺たちのこと舐めてる気がする。どっちが偉いか教えてやらねえと」

二人はヘヘッと侮辱する笑みを浮かべる。

次の瞬間、二人の後頭部に剣が振り下ろされた。

ガキャン！

ところが、剣は二人に届く前に砕け散った。

「結界！」

二人に襲い掛かったダイ君とエメ君は驚愕の表情を浮かべる。

「なんか来やがった！」

中村は目にも留まらぬ速さでダイ君とエメ君の胸倉《むなぐら》を掴むと、地面に顔面を叩きつけて、頭部を踏みつぶす。ぐしゃりと鈍い音が響いた。

「なんだこのザコ」

中村はダイ君とエメ君を見下ろす。

「中村。団体さんが来やがったぜ」

宮崎はドラゴンとワイバーン騎士団を見て、鼻で笑った。

「お前らなんだ。どこのもんだ」

二人はヘラヘラ笑う。ドラゴンとワイバーン騎士団は、どうすればいいか分からず動けない。

「情けねえ奴らだ」

朱雀はそんな中、臆《おく》せず、ドラゴンとワイバーン騎士団をかき分けて、前に出た。

「何だお前」

「世界で二番目に良い男だ」

朱雀はキセルを吹かしながら二人に歩み寄る。

「バカかお前」

宮崎は両手を前に出す。左手から暗黒の液体が、右手から暗黒の炎が湧き出る。

「獄炎に獄水。永遠に消えない炎とすべてを溶かす水。屑だな」

朱雀は唾を吐く。

「ばーか。死ね」

宮崎は黒色の炎と水を朱雀に放った。

「調子に乗るな、くそガキども」

朱雀は真っ白い炎を吐く。それは獄炎を吹き消し、獄水を蒸発させ、宮崎を包み込む。

「なんだこりゃ！」

必死に払いのけようとするが、全く効果が無い。

そうこうするうちに、白い炎は宮崎の口や鼻に入って行く。

「ごほ！　ごほ！」

宮崎は苦悶《くもん》の表情を浮かべる。

「熱い！　熱い！　ああああああ！」

宮崎の目が沸騰する。鼻の穴、耳の穴、穴という穴から炎が立ち上る。

「だすげで！　だずげで！　しにだぐないぃいいいいい！」

宮崎は断末魔の叫びとともに、真っ白な灰に変わった。

「宮崎ぃいいいいい！」

中村はパニック状態で朱雀に襲い掛かる。

素早い体捌きは神業だ。そこから繰り出される拳や蹴りは音速を遥かに超える。

しかし、朱雀には一発も当たらなかった。

「……え？」

中村は呆気にとられる。その間に、朱雀は中村の頭に鉄槌を振り下ろした。

「ぷちぃいいいいいい！」

中村は良く分からない悲鳴とともに、頭を潰された。

「強い」

俺は上空から成り行きを見守っていた。朱雀は口を半開きにするほど強かった。

「うにゅ……手加減されてた」

ティアは複雑そうに呟く。

「お前たちの方が強いから安心しな」

朱雀は聞こえていたのか、こっちを見て笑った。

そして、頭を潰されたダイ君とエメ君に目を移す。

「起きろ。いつまで死んでるんだ」

尻を蹴飛ばすと、ダイ君とエメ君の頭が再生を始める。

「いいか。魔王は不老不死だ。頭を潰されても死なない。でも気絶してる間は復活できない。その間に麗夜が殺されたらどうする？　お前たちに責任取れるのか！」

朱雀の怒号でビリビリと大地が揺れる。ダイ君たちは迫力に押され、後ずさる。

朱雀の怒りは収まらない。

「お前たちは麗夜の騎士だ。なら敗北も苦戦も良い勝負も必要ない。どんな奴にも完勝する。瞬殺する。それがお前たちの仕事だ」

朱雀は炎の雲を出すと、そこに腰掛ける。

「その屑どもに完勝できるようにしろ。一人だけで、だ」

全員、できる訳が無いと目を見開く。

「お前らは口だけか？　なら麗夜の元を去れ。二度と顔を見せるな」

ダイ君たちは顔を上げて、俺を見る。

「俺はそんなことしなくても」

「麗夜。こいつらを甘やかすな」

朱雀は冷たい声で言う。視線はダイ君たちを見据えたままだ。

「どうする？　去るか。戦うか。好きな方を選べ」

ダイ君たちは俺から目を外して、朱雀を見る。

「やります。やらせてください」

「良く言った」

朱雀はそう言うと、真っ白い炎を出して、中村の死体と灰になった宮崎を包む。

二人の体がみるみる再生した。

「……あ？」

宮崎は目をパチパチさせながら、自分の体を見る。

「夢じゃないんだよなぁ」

朱雀が笑いかけると、中村と宮崎は恐怖の表情で後ずさった。

「そう怖がるな」

朱雀は笑う。目は笑っていない。

「お前さんらにお願いがあってな」

「お願い？」

「あいつらと殺し合え」

二人は愕然とする。

「あいつらは不老不死だ。気にせず殺して良い。お前たちは俺が生き返らせてやる。安心しろ」

「安心ってあんた……」

中村、宮崎が苦笑いすると、瞬きする間もなく、二人は真っ白な炎に包まれた。

「「いぎゃぁあああああああ！」」

二人はのたうち回る。朱雀は冷ややかな目で、二人が燃え尽きるのを待つ。

「これで分かっただろ」

朱雀は再び二人を生き返らせると冷笑した。

「いくら死んでもいい」

中村と宮崎は腰を抜かして小便を漏らす。汚水が地面に水たまりを作る。

「あいつらも雑魚《ざこ》でな。ちょっと稽古《けいこ》をつけてくれ」

朱雀は数十メートルの高さまで浮かび上がる。

「さあ、殺し合え」

朱雀の一言で、ダイ君たちが中村と宮崎に襲い掛かった。

「「なんでだよぉおおお！」」

二人は涙を流しながら、拳と魔法を放った。

第五章　勇者は魔王と戦わなくてはならない

ダイ君たちが戦い始めて一時間が経った。

ダイ君たちは未だに苦戦しているが、殺されることは無くなった。今も紙一重で、中村のパンチを避けた。

「くッ！」

「死ねよくそ！」

中村は軽い身のこなしで拳や蹴りを放つ。風切音が凄まじく、直撃すれば致命傷だ。

「ぐ！」

ダイ君はキックを受け止めた。ついに防御することができた。

「ふん！」

そのまま掌底《しょうてい》を放つ。体勢を崩した中村は避けられず、まともに腹に食らった。

しかし中村は吹っ飛ばされただけで無傷だった。

「結界か。厄介だ」

ダイ君は中村の圧倒的な防御力に舌打ちする。

「戦って分かったけど、こいつは体術系。結界を張っているのはあっちの男」

ダイ君の近くで構えるキイちゃんが呟く。

「だろうな。そしてもうこいつは脅威じゃない」

「本当？　強がりじゃない？」

「こいつの体術は見切った。防御すれば隙だらけになる。そこを迎え撃つ」

ダイ君は深呼吸して息を整える。その隙を中村が狙い打つ。

「危ない！」

キイちゃんはすんでのところで中村に蹴りを食らわせた。中村は衝撃で数十メートル吹っ飛んだ。

「油断しないで。まだ私たちは一対一で倒せるほど強くない」

「悪い」

ダイ君とキイちゃん含む五十人が中村を取り囲む。

「な、なんで？　なんで俺がこんな目に遭うんだ？」

中村はガチガチと歯を鳴らした。

一方、エメ君は宮崎と戦っていた。

「獄炎波！」

宮崎は何度も何度も獄炎を放つ。

「ぬるい炎だ」

しかしエメ君は容易《たやす》く受け止めた。

「な、なんで？」

宮崎は素《す》っ頓狂《とんきょう》な声を出す。

「確かにお前の攻撃は強い。だが俺の体を焦がすには至らない」

エメ君は鼻で笑う。チリチリと黒い炎が肌を焼くが気にしていない。

「消えない炎。鬱陶しいだけだ」

エメ君は目を細める。宮崎は後ずさる。

「お前たちの戦法は簡単だ。あそこの屑をお前が補佐する。相手が弱ければお前も攻撃に参加する」

宮崎がギリッと犬歯をむき出しにした。鋭い針のように尖っている。

「お前ら如きに苦戦した。朱雀に怒られるのも当然だった。俺は俺が情けなくて堪らねえぜ！」

エメ君が風と共に宮崎を蹴り飛ばす。

「うが！」

宮崎は数十メートル吹っ飛んだ。しかし、やはり無傷だった。

「どういう理屈だ？」

エメ君は舌打ちした。

そこに黄金の瞳をした男が声をかける。彼はゴールドドラゴンのゴルさんだ。

「どうやら特定の攻撃を無効にする結界のようだ」

「特定の攻撃？」

「そうでなければ朱雀はあいつらを殺せない」

「なるほど」

エメ君が感心したと同時に、宮崎は高速詠唱を行う。

「クリスタルスピア！」

ドンッとソニックブームが巻き起こった。

「あ、あぶねえ」

エメ君は己の右腕を見る。右腕は肩先から吹き飛んでいた。

「油断するな。仮にも奴らは勇者だ」

「確かに。油断できるほど甘い相手じゃねえ」

エメ君は力を込める。するとズボンと右腕が生えた。

「種《たね》が分かるまで接近戦だ」

エメ君とゴルさん含む五十人が宮崎に襲い掛かった。

その様子を見て朱雀はため息を吐く。

「ようやく戦い方が分かったか」

朱雀は隣でキセルを吸っていた。はじめはイライラしていたが、今は落ち着いたように煙を吐き出している。

「戦い方？」

何となく質問する。

「二人組は引き離す。それが戦術の基本だ」

言われてみると確かにそうだ。最初は中村と宮崎が優勢だったが、今は劣勢になっている。

「百人居るし、不老不死なんだから、二人を分断するなんて楽勝のはずなのに」

朱雀はやれやれといった様子だ。

「中村は凄い体術を使えるし、宮崎も凄い魔術を使える」

「そんなの言い訳にならねえよ」

朱雀は今も戦いから目を離さない。中村と宮崎が逃亡しないように監視している。または百人が戦闘不能になった場合の時を考えている。

「はじめは大変だったね」

「ぼこぼこ瞬殺されたからな」

煙を胸いっぱいに吸い込み、吐き出す。

ダイ君たちははじめ、大苦戦だった。一方的に負けていた。

瞬殺されることも多かった。そのたびに朱雀は中村と宮崎を殺し、仕切り直しさせた。

「でも、もう安心じゃない？」

「まあな。あと三十分もあれば、タイマンだったら勝てるようになる」

「一対二で勝つようになるのは」

「あと三時間くらいか。結界のからくりが分かっちまえばすぐなんだが」

朱雀は一緒に座るティアとギンちゃん、ハクちゃんを見る。

三人は中村と宮崎に敵意むき出しだ。表情が悪鬼《あっき》のごとく歪《ゆが》んでいる。

「もうちょっと待ってくれ。こういう時じゃねえと、命がけの訓練ってのはできねえからな」

朱雀は済まなそうに三人に謝った。

「あいつらやっつけたい」

ハクちゃんが拳を握ってシャドーボクシングのようにパンチを繰り出す。

「やめんか。子供は大人しくするもんじゃ」

ギンちゃんはハクちゃんの頭を撫でて宥《なだ》める。

「まだ終わらないの？」

ティアは今にも飛び出しそうだ。

「とどめを刺すのはもうちっと後だ」

朱雀は戦闘に目を移す。

「あんなザコどもに手こずってもらっちゃ困るんだがな」

「ザコ？」

煙で輪っかを作る朱雀を見る。

「あいつらは勇者の中じゃ下の下だ」

「そんなもんなのか！」

「上位の奴は時間を操ったり、仲間を不老不死にさせたり、仲間のレベルを何十億にもできたり、死者蘇生ができたり、無敵にできたり、相手を即死させたりする」

「そんな連中が居るのか……」

「以前、前線で戦った勇者がそれだった。チームワークも良かった。あいつらが相手だったら、苦戦しちまうのも分かるんだが」

朱雀は十個輪っかを作ると、ふっと矢型の煙を吐き出して輪っかに潜らせた。器用な奴だ。

「成長チートと生成チートは？」

気になったので、田中と鈴木が有していた能力についても尋ねる。

「成長チートは中の下だ。最初は弱いが、レベル上げまくれば最強になれる。レベルが上がれば獄炎や毒も耐えられるからな。大器晩成型って奴だ」

「それで中の下なのか……」

「どうしても最初が弱いし、レベルを上げるっていう手間があるからな」

「なら生成チートは？」

「下の中だ。ただし本当に色々な物が作り出せるから、やりようによっては上の上も超えるくらい強い」

「生成チートで下の中なのか」

「生成チートはサポート型だ。戦闘になるとやっぱり弱い。おまけに作り出すって手間も要る。だが強力な仲間が居れば、一気に最強候補になる」

「でも、本当に色々な物が作れる。それなのに下の中なのか」

「戦闘だけで見ればな。応用力ならトップクラスだ」

見事な推理だ。そして疑問に思う。

「なんで朱雀はチートに詳しいんだ？　どこかで見たことあるのか？」

「それはお前が魔軍の大将になった時に教えてやるよ」

朱雀は意地の悪い笑みを浮かべた。

「離せ！　離せ！」

宮崎の悲鳴が聞こえたのでそっちに顔を向ける。

宮崎はエメ君とゴルさんに両腕を掴まれていた。

「お前、筋力無いんだな」

宮崎は周りに居た騎士にも掴まれる。足や首も拘束されているため身動きできない。

「引っ張ったらどうなるんだ」

エメ君はそう言って皆に合図すると、少しずつ力を込める。

「いでででででで！」

宮崎は泣き叫ぶ。肩や足の骨が外れた音が響いた。

「結界は体の表面から十センチくらいのところに展開してるのか」

さらにグイグイ引っ張る。プチプチと筋肉の千切《ちぎ》れる音が響く。

「斬撃や火炎といった攻撃は遮断するが、組み付きなどの攻撃は遮断できない」

エメ君は冷静に観察を続けた。その間、宮崎は命乞いしている。

「あああああ助けて助けて助けて助けてててててて」

「しかし、こいつはなぜ炎の中で平気だったんだろうか？」

エメ君は淡々と、ゴルさんに意見を求めた。

「質問の意図はなんだ」

「炎の中だと空気も炎と同じくらい熱くなる。空気だって無くなる。なのにこいつは平気だった」

「なるほど。もっともな疑問だ」

ゴルさんは涙を流し続ける宮崎をじっと見る。

「もしかするとこいつは他の結界も張っていたんじゃないか」

「複数の結界を張っていた。あり得る話か」

エメ君たちは泣き叫ぶ宮崎を無視して議論する。

「とりあえず、これが致命傷になるか確認しよう」

エメ君たちが思いっきり引っ張ると、宮崎の体はバラバラに引きちぎれた。

「ぐぇえええええ！」

今度は中村の悲鳴が聞こえた。

中村はダイ君に首を絞められていた。

「はなぜはなぜばなぜ！」

ぶんぶん拳を振り回す。何発もダイ君の顔に当たるがビクともしない。

「お前は体勢を崩したら攻撃力が激減するのか」

ダイ君は冷静に分析する。

「筋力も俺たちに比べれば遥かに弱い」

手に力を込める。それだけで中村は白目をむく。

「この男は体術を極めている。それができない状況だと弱くなるのね」

「足元を崩す。水中に引きずり込む。空中に浮かばせる。色々とできるな」

ダイ君は周りのキイちゃんたちと考察を始める。もはや中村はモルモットだ。

「あの魔術師が生きていたらどうなるか」

「調べたいわね」

キイちゃんが流し目で宮崎を見る。あいつは残念ながらすでに死体になっていた。

「あいつ、もう死んでる」

「ならとりあえず殺そう」

ダイ君はギュッと首を絞める。

「ごりぇえええええ！」

ブチンと音を立てて中村の首が飛んだ。

「ようやく弱点が分かったってところか」

朱雀はあくびをすると、皆の前に立つ。

「次は二対二だ」

「はい。分かりました」

ダイ君は朱雀に敬語を使う。背筋もピンとしていて立派だ。

「皆と息を合わせるために、こちらのメンバーは変えていくぞ。一人につき五十回戦え」

朱雀はパチンと指を鳴らして、中村と宮崎を生き返らせる。

「ちょちょちょちょちょちょとたんま！」

「もう降参だ！　もうやめよう！」

二人は逃げる様に腰が引けている。何十回と死んでいるから当然の反応かもしれない。この程度で音《ね》を上げられても困るのだが。

「次は二対二だ」

朱雀は二人にそれだけを告げると、再び俺の隣に戻ってきた。

「うぎゃぁあああ！」

そして中村と宮崎の悲鳴が響いた。

それからは一方的な虐殺《ぎゃくさつ》だった。

攻略方法を見つけたダイ君たちは連戦連勝。中村と宮崎は手出しすらできない。

「ぷげ！」

「ぽぺら！」

二人はダイ君とキイちゃんに頭を潰される。

「ぷも！」

「おけら！」

エメ君とゴルさんに心臓を貫かれる。

「ぷぱ！」

「ぽにょ！」

二人は次々と殺されていく。

「次は一対二だ」

朱雀は何度も中村と宮崎を蘇らせた。

「待て待て待て待て待て！」

「もう良いだろ！」

二人は朱雀に泣きつく。

「一人につき百回」

朱雀は大あくびをしている。確かに眠くなってきたし、お腹も空《す》いてきた。

「おいおいおいおいおい！　俺らが何したってんだ！」

「人殺し！　そんなことしたら死刑になるぞ！」

あいつら何言ってんだ？　何言っても良いけどさ。

「頑張れ頑張れ」

朱雀は素っ気なく二人から離れた。

今度は一対二だ。だから何だ？　もう勝負にならない。

「来るな来るな来るな！」

宮崎は何度も魔法で攻撃する。

「当たれ当たれ当たれ！」

中村は何度も拳を振るう。

しかしかすりもしない。攻撃は完全に見切られている。

ダイ君は難なく二人の頭を鷲掴《わしづか》みにする。

「あばばばばばば！」

「おろろろろろろ！」

ダイ君が一思いに握り潰すと、二人は変な声を出して死んだ。

「次」

朱雀は淡々と作業を進める。結果は同じだ。

「あらららららら！」

「ふぺぺぺぺぺぺ！」

二人は頭を踏み潰されて死ぬ。

「あへへへへへへ！」

「うほほほほほほ！」

二人は首をねじ切られて死ぬ。

「あひひひひひひ！」

「うげげげげげげ！」

二人は背骨をへし折られて死ぬ。

「おここここここ！」

「こけこけけけけけ！」

二人は心臓を握り潰されて死ぬ。

二人は死ぬ。死ぬ。死ぬ。死に続ける。

「次だ」

朱雀は何度も二人を生き返らせる。何を言われても生き返らせる。

「あははははははは！」

「ぐはははははは！」

二人は死ぬ。死ぬ。死ぬ。狂っても死ぬ。死に続ける。

「終わりだ」

朱雀は二人が笑うだけになると、特訓を終了させた。

「とどめを刺すか」

朱雀は俺とティア、ギンちゃん、ハクちゃんに向かって言う。

「戦う！」

ハクちゃんは勇ましく地面に立つ。

「やめんか！」

すぐにギンちゃんがハクちゃんの前に立つ。

「お母さん！　私あいつら許せない！　やっつけたい！」

「危ないことするな！　私たちは戦士でも何でもないんじゃぞ！」

「嫌だ！　絶対に嫌だ！」

ハクちゃんは梃子《てこ》でも動かぬとギンちゃんを見つめる。

「わがままな娘じゃ」

ギンちゃんは目元をぴくぴくさせる。怒りたいけど、気持ちは分かるから怒れないって感じだ。

「俺たちが守ります。だから安心して戦わせてください」

ダイ君たちがギンちゃんに敬礼する。

「馬鹿者が。怪我をしたらどうするんじゃ」

ギンちゃんは母親という立場から、どうしても止めたいようだ。そこに朱雀が助け舟を出す。

「やらせてやれよ」

ギンちゃんは朱雀を睨む。朱雀は怯《ひる》まない。

「仲間思いじゃねえか。それを曲げたら、本当に捻《ひね》くれちまうぜ」

ギンちゃんはハクちゃんと中村たちを見比べ、深々とため息を吐いた。

「……分かった。今なら大丈夫じゃろ」

しかしハクちゃんは予想外のことを言い出す。

「お兄ちゃん！　あいつら正気に戻して！」

「は!?　何を言っとるんじゃ！」

「正々堂々！　私の方が強い！」

ハクちゃんはシュッシュッと拳を振る。鋭いけど小さい拳だ。

「ダメじゃダメじゃ！　それはいくら何でもダメじゃ！」

ギンちゃんは大慌て。当たり前といえば当たり前だ。

「その度胸！　良い女になるぜ！」

しかし朱雀はハクちゃんの勇敢さに応えるべく、二人を白い炎で包んだ。

「……ん？」

二人は正気に戻った。どうやら朱雀の炎は何でも治してしまうようだ。

「お二人さん。リベンジマッチの申し出だ」

「あのガキ！」

朱雀がハクちゃんを紹介すると、二人の目に殺意が宿った。

「……ははは！　何を言ってるんですか？」

しかし、すぐにそれを引っ込めた。

ダイ君たちに取り囲まれ、恐ろしい朱雀が居たからだ。戦えばまた殺されると分かったのだろう。

「俺らは何もやってませんよ？　それなのにどうして酷いことをするんですか？」

俺は白々しさに血管が切れそうになった。

全員同じだった。ハクちゃんなんてガルルと殺意を漲らせている。

「むしろ皆さん、俺たちが訴えたら負けますよ？」

「逆に慰謝料払って欲しいくらいです」

二人の怒りが表情に表れる。やっぱり殺されまくったことを根に持って居る。

そりゃ理解できるが、どうして訴えるとか慰謝料とかいう話になるんだ？　バカとしか言えない。

「突撃！」

ハクちゃんは我慢の限界を超えたため、宮崎に突進した。

「ぷげ！」

やっぱり宮崎は吹っ飛ぶ。しかしそれで終わりではない。ハクちゃんが手に噛みついている。

「あがががががが！」

ハクちゃんは凄い力で噛みついている。宮崎が殴っても離さないほどだ。

「このガキ！」

中村はハクちゃんに向かって拳を振り下ろす。

しかしその拳はギンちゃんによって止められた。

「なんだこのア……」

ボキン！

「マぁああああああああ！」

ギンちゃんは中村の骨を握り砕いた。

「いい加減にせい！」

ギンちゃんはやっぱり怒っていた。そして宮崎の悲鳴が響く。

「うぎゃあああああ！」

ハクちゃんが宮崎の手を食いちぎったのだ。

「うりゃ！」

ハクちゃんが追撃とばかりに、宮崎の顔面に頭突きする。

「ぐぽ！」

宮崎の顔面は見るも無残に陥没《かんぼつ》した。どうやら痛みで結界が解けてしまったようだ。

弱点だらけだ。確かにチートとしては下の下だ。

「痛い痛い痛い！」

中村は中村で砕かれた腕を押さえて蹲《うずくま》る。

ギンちゃんは無言で中村の胸倉を掴み、引き起こす。

「許して許して許して！」

中村はじたばた暴れる。

「新庄麗夜」

その時、不注意にも目が合ってしまった！

「ワオーン！」

ハクちゃんはそんなどうでも良いことに構わず、中村の耳元で遠吠えをした。

「おおおおんんんん！」

パン！

音圧で中村の頭が弾け飛んだ。耳を塞いでなかったら俺たちも危なかった。

よっぽど怒ってたんだな。

やっぱりギンちゃんは凄く優しいな。

「勝利」

ハクちゃんは胸を張って戻ってきた。

「少しは怒りが収まったわい」

ギンちゃんは苦々しい顔だ。

「終わったか」

最後の最後で腸《はらわた》が煮えくり返った。できれば俺の手で殺したかった。

しかし、もうやめよう。これ以上は人として道を外れそうだ。

「亜人の国を元に戻せるか」

朱雀に中々無茶なお願いをする。

「俺は不死鳥だ。それくらい楽勝だ」

とんでもないことをことも無げに言った。やっぱり凄いな。見直した。

「だけどその前に、あの二人に言いたいことがあったんじゃねえか？」

朱雀は中村と宮崎の死体を指さす。

「あったけど、もう良いよ」

嫌な思い出をため息として吐き出す。終わりにしなくてはいけない。

「我慢するな」

しかし朱雀は俺の真意を読んでいたのか、指を鳴らした。

「ゆ、許してくれ……」

「もう何もしません」

二人は生き返るとガタガタ震えながら命乞いする。

朱雀は肩を竦めた。

「新庄麗夜！」

結局、中村に見つかった！

「新庄麗夜だって？」

二人は俺を見ると、たちまち表情を変えた。

「なんでそこに居るんだよ！」

「まさか裏切ったのか！」

凄い言い分だ。吐き気がして堪らない。

「この人たちは俺の仲間だ」

二人の表情が変わる。

「仲間だったら何で止めないんだよ！」

「お前人殺しだぞ！」

何だろ。何なんだろ？　こいつら俺の顔を見て、なんでそんなに偉そうな態度になるんだ？

「こいつは俺たちの王様だ」

朱雀は俺と肩を組む。ダイ君たちは剣を構える。

「……あのへたれが王様？」

「あの雑魚が？」

二人は信じられないと本音を呟く。

「雑魚？」

しかし、全員が殺気を放つと、とたんに作り笑いをした。

「そうかそうか！　お前はこいつらの王様だったのか！」

「俺らだって分かんなかったのか？　しょうがねえ奴だ！」

二人は馴れ馴れしく歩み寄る。

「まあ勘違いってのは良くあることだ！」

「ただちっとやり過ぎじゃねえか？」

二人は俺を見下したように睨み付ける。

「昔と変わらないな」

俺は思い出す。

こいつらは昔からそうだった。俺を見下し続けた。

だからこいつらは、俺を見下すのが当たり前と考えてるんだ！

「何だその顔は」

中村が舌打ちする。

「まさかあれか？　調子乗ってる感じか？」

宮崎は唾を俺に向かって吐く。

命知らずだ。だがこいつらの思いは分かっている。

俺が自分たちを殺すはずがないと舐めている！

朱雀たちの冷たい目も、今は気にならない。

「俺はお前たちが殺されるのを見ていた」

怒りを抑えきれず、真実を告げる。

「はぁあああ！」

「なんでそんなことを！」

二人はなぜかびっくり仰天しやがった。

「お前らが亜人の国を燃やした犯人だからだ」

俺は体の震えを抑えるのに必死だった。

「そんな証拠あるのかお前！」

「頭悪いな！　昔からそうだった！　イラついてたまんねえぜ！」

二人は罵詈雑言《ばりぞうごん》を思いっきり吐き出す。

聞くに堪えない。悲しくて涙が出る。

こんな屑に虐められた。人生の汚点だ。

「泣きやがった」

「やっぱりへたれだ」

二人は互いに顔を見合わせると、ヘラヘラ笑い合った。

「俺を虐めたことを謝れ！」

過去の苦い記憶がグルグルと頭の中で回る。

「虐め？」

「何言ってんのお前？」

二人は意味が分からないと大笑いする。

「何泣いてんだお前！」

「虐めってなんだよ！　訳分かんねえ！」

二人は腹を抱えて大爆笑する。それほど俺の姿が面白かったようだ。

「ぷはははは！」

「笑いすぎて腹が痛てぇ！」

楽しそうだ。実際楽しいのだろう。

俺は二人にとっておもちゃであり、体を張ってギャグを行うお笑い芸人なのだ。

「ふざけるな！」

中村の顔面を殴る！

「ごは！」

中村は地面に転がる。

「何しやがる！」

宮崎が叫ぶ間に蹴りを股間に叩き込む。

「ぐおおおおお！」

宮崎は股間を押さえる。

「てめえ！」

「屑が！　殺してやる！」

しかし二人は立ち上がる。勢いに任せて殴ったため、結界のことを忘れていた。

中村は俺に飛びかかった。宮崎は高速詠唱を始めた。

「守る」

そこにティアが割って入った。

中村の拳がティアの頭を貫く。宮崎の氷の槍がティアの体を貫く。

「ティア！」

俺は攻撃を受け止めるつもりだった。ティアが割って入らなくても大丈夫だった！

「なんだこいつ！」

しかしティアは、俺よりもはるかに強かった。

じゅるじゅると中村の腕から音が鳴る。

「なんだこれ！」

宮崎の体に水色の触手が巻き付く。そしてじゅるじゅると音が鳴る。

「かかかかかからだがががががが！」

「くくくくわれれれれれれれ！」

二人は恐怖で気が狂わんばかりに悲鳴を上げる。

ティアが二人を捕食しているのだ。

俺はティアの背中に文句を言う。

「無茶するな。あいつらの攻撃なんて屁でも無かったのに」

「麗夜はティアが守る。絶対に」

ティアは固い決意の籠《こ》もった声で、俺の文句を撥《は》ね除《の》けた。

「れれれれれいやややややや！」

「たたたたすけけけろろろ！」

二人はまだ俺を見下す。

「嫌だ」

もう面倒になったので投げやりに言う。

「いいいいやだだだだだ！」

「なななんでででででで！」

二人は今になっても理由を理解できない。

「だから、お前たちは俺を虐めた。俺はお前たちが嫌い。それだけ」

疲れたしお腹も空いた。風呂入ってごはん食べて寝たい。

「ゆゆゆゆるしててててて！」

「ごごごめんんんんんん！」

いまさら謝られても……。

「まぁ、許してやるか」

心の底から哀れだった。恨むのも馬鹿らしくなるほどだ。

だから許そう。

「あああありがとととと！」

「とととともだちちちち！」

二人は本当に嬉しそうだった。

じゅるじゅる。でもティアは捕食をやめない。

「ああああああああああ！」

「やややめめめめめめめ！」

何言ってんだこいつら？

「お前ら勇者だろ。そして目の前に魔王が居る」

ならば当然、やることがある。

「「まままままおおおおお！」」

二人は同時に魔王が目の前に居ることに驚く。そういえば言って無かったな。

「魔王と勇者が対面した。ならやることは一つだ」

何度目のため息だろう。それしかできない。

「ままままままま！」

「ぶぶぶりりりりり！」

二人は体のほとんどを捕食されたためか、まともに言葉も話せない。

「安心しろ」

だから最後の言葉を投げかける。

「もうお前らは生き返らない」

二人は目をカッと見開いた。

「「ししししにににたたたたたくくくくななななないいいいいい！」」

ちゅるん。

第六章　魔界へ

勇者二人を撃退して二週間が経った。

亜人の国は朱雀のおかげで元通りになり、死んだ人々も蘇った。めでたしめでたし。

しかし俺は二週間が経った今も、ぼんやりと自室の椅子に座っていた。家族亭すらほったらかしだ。

「何か飲む？」

満月の明かりだけの部屋にティアがそっと中へ入り、声をかける。

「紅茶でも飲もうかな」

俺は上の空で答える。あの二人が死んでからずっとこの調子だ。

「麗夜……一緒に居てくれるよね？」

ティアの悲し気な声で意識が戻る。

「突然どうした」

誤魔化すために頭を撫でようと近寄ると、ティアの目じりに浮かぶ涙を見て、手が動かなくなった。

「ティアはずっと麗夜と居るよ！　ダメだって言っても居るよ！」

ティアは両手を組んで祈るように俯く。

「大丈夫だ。心配しないで」

俺はティアの顔を直視しないように抱きしめる。腕や胸に伝わる体温は冷たかった。

「ちょっと疲れてるだけだ。もうちょっと休んだら元気になる」

「ほんと？」

「本当だ。信じて」

一度目を瞑り、涙を引っ込めると、ティアの目を見て微笑み、キスをした。

「分かった」

ティアは俯いたまま、小さく足を動かして、部屋を出た。

「初めて嘘吐いちまった」

椅子に座ると罪悪感で体がだるくなる。机に肘《ひじ》をついて、顔を覆わなければ座ってられない。

「ダメだな」

ティアが居るのにこの体《てい》たらくはなんだ？　情けない！

しかし恨みは増すだけだ。

「あいつらのように最悪な奴は居ないはず」

ぐつぐつと煮えたぎる思いは、他のクラスメイトに対するものだった。

今まで殺した奴らは確かに屑だった。しかしあそこまで屑な奴らはもう居ないはずだ。

そうなると、この感情は間違っている。八つ当たりに近い。

しかし頭の中ではクラスメイトを倒すプランでいっぱいだ。

「魔軍の大将か」

クラスメイトと戦うなら魔軍がカギとなる。そして魔軍の大将となれば、魔軍を動かせる。

しかし、私怨《しえん》で軍を動かすなど狂気の沙汰だ。

「暗い顔だな」

コンコンと窓を叩く音がしたので体を起こす。朱雀が窓の外で苦笑いしていた。

「お前か」

窓を開けて朱雀を招き入れる。

「何の用だ」

「そろそろ魔界へ行かないかって話だ」

朱雀は窓の近くでキセルを吸う。

「この部屋は禁煙だ」

「固いこと言うなよ。魔王様」

ドキッと心臓が高鳴る。朱雀に背を向けて本棚を見る。まだまだスカスカだ。もっと入る。

「魔軍なら、お前の願いを叶えられる」

「俺が魔軍の大将になったら私怨で魔軍を動かす。魔王たちや魔物を幸せにすることはできない」

「私怨？　良いじゃねえか」

朱雀は涼しい声で煙を吐く。

「魔軍なんて元々好き勝手やってできた軍だ。たとえ全滅しようとどうでもいい」

声に動揺はない。本心で言っているんだ。

「馬鹿なこと言うな」

さすがに頷けない。魔王とはいえ、命がかかっている。

「こっちを向け。目を逸らすな」

朱雀の怒気を孕《はら》んだような声に反射的に振り向く。朱雀は真面目な顔だった。

「この世界には真の魔王が必要だ。魔物も魔王も纏められる存在が必要だ。それがお前だ」

「買いかぶり過ぎだ」

「買いかぶってねえよ。お前は真の勇者だからな」

朱雀はニッコリと笑った。

「勇者に真もくそもあるのか？」

ふざけたような言葉に思わず苦笑する。

「少しだけ、昔の話をする。今から十万年前、初代魔王ゼラの時代の話だ」

朱雀は満月に目を移す。

「初代魔王ゼラは恐ろしい奴だった。何せ世界の九割の生物を殺した奴だ」

「九割！」

さすがに驚きの声が出る。

現代の地球で言うなら、七十億人殺したことと同じだ。

「生き残った一割は、ゼラに飼われていた。ペットみたいなもんさ。そして気まぐれに殺される。俺も何度も殺された」

朱雀の口から凍えたため息が漏れ出る。

「あいつは俺が生き返ると分かって笑ったよ。『何度でも殺せるなんて素晴らしい奴だ！』と言って」

ポツポツと語る姿は恐ろしさに震えていた。

「そんな時、一人の異世界人がこの世界に来た。そいつは、人間のくせに、魔物と喋ることができた」

「魔物と喋ることが？　それって、俺と同じスキルか？」

「その通り。そしてそいつは、たくさんの魔王を作り出し、ゼラへ反逆した」

朱雀は楽しそうに微笑む。

「数億の魔王と戦ったゼラは、ついに力尽き、真の勇者に封印された。ほとんどの魔王はゼラに殺されたが、それでも、世界は平和になった」

朱雀が窓際に座る。

「魔界に居る魔王の一割は、真の勇者に魔王にしてもらった魔王だ。お前と出会えば、喜んで力を貸す。俺が一目惚れした理由の一つでもあるんだぜ」

朱雀の言葉に心が揺れる。

「一目惚れした？」

「真の勇者は、お前の兄貴と両親だ」

俺は息ができなくなるほど驚いた。

「お前の兄貴は良い奴だった。あいつのせいでゲイになったんだぜ」

朱雀は照れるように笑う。

「詳しく聞きたいか？　めちゃくちゃ長くなるが」

「死ぬほど驚いたけど、それはあとでゆっくり聞くよ」

居なくなった家族がここに来ていた！

そんな重大発表も気にならないくらい、クラスメイトが嫌いだった。

「たとえ私怨でも、お前は俺たちを不幸にしない。お前はとても、優しいからな」

朱雀はスッと手を差し出す。

「魔界へ行こう。俺達には、お前が必要なんだ」

朱雀の言葉が胸に響いた。

「お前が必要なんて、言われたのは初めてだ」

最高の口説き文句だ。

「魔軍と人間軍を和平させる。そうすれば勇者は必要なくなる」

朱雀の手を取る。

「勇者に戦いを挑めば世界中の国家と全面戦争になる。だけどあいつらが勇者じゃなく、ただのクラスメイトなら、ずっと楽に殺せる」

「それがお前の計画か」

「そうだ。だからまずは魔軍を統一する。お前たちの魔王となって」

「最高だ。我が王よ」

朱雀は跪き、俺の手の甲へ唇を近づける。

バキン！

「なにどさくさに紛れてキスしようとしてんだ！」

「あの流れならキスしても良いだろ！」

朱雀の頭にデカいたんこぶが出来上がった。

「……ティアたちとお別れか」

俺は魔軍の王になる。だから魔界へ行く。決意は固まった。

だからこそ、ティアたちと別れなくちゃいけない。

皆が好きだ。だからこそ、皆には平和に暮らして欲しい。

「一月後出発する」

「一月後？　すぐに行かねえのか」

朱雀はデカいたんこぶを摩る。

「ティアたちにお別れを言いたい」

「お別れ？　一緒に行けばいいじゃねえか。好きなんだろ」

キセルを咥《くわ》えてゆっくりと煙を吸い込む。

「好きだからこそ、だ」

そう言うと朱雀はキセルを咥えたまま固まった。

「もう会う気は無いってことか」

「目的は復讐だからな。個人的な感情に巻き込みたくない」

「亜人の国にも戻るつもりは無いのか？　お前はここが好きなのに」

「無い」

「ふーん」

朱雀はキセルを口から離すと、満月に向かって煙を吐き出す。

「お前がいいならそれでいい。好きにしろ」

朱雀は窓から外に出る。二階だぞと思ったが、炎の雲で足場を作っていた。

「俺は適当にブラブラしてる。何かあったら、すぐに呼んでくれ」

「一月後、また会おう」

「一月後かよ。できれば毎日呼んで欲しいね」

朱雀は炎の雲に胡坐《あぐら》をかくと、どこかへ飛んで行った。

「やるか！」

俺は朱雀が去ると、急いで机に座り、やることリストを作る。

「まずは家族亭の経営マニュアルだ。今後のことも考えて、しっかり作っておかないと」

月明かりだけでカリカリと万年筆を動かす。用紙に黒い文字を羅列する。

「ラルク王子には挨拶したほうが良いな。ギルド長にも挨拶しよう」

カリカリと万年筆を動かす。用紙にぽたりと滴《しずく》が落ちる。

「食料調達の問題も解決しないと」

ぽたぽたと用紙が濡れて行く。

「俺って奴は」

誰かに見られないように両手で顔を隠す。そして涙が止まるまで、眠りに落ちるまで、椅子に座った。

朝になると理由をつけてラルク王子のところに行く。

「一人で行くの？　ティアは付いていてくよ？」

ラルク王子のところへ一人で行くと伝えると、ティアはごにょごにょと言った。

「どうしても一人で会いたいんだ」

「なら途中まで付いていてく！　麗夜寝てないでしょ！」

ティアはパッと笑顔になって、大げさに手を広げる。

「一人で行く」

手で突っ張ってハグを拒否する。ティアの瞳が大きくなる。

「……分かった」

ティアは下を向くと、小さく頷いた。

「すぐに戻るから」

ティアは下を向いたまま蚊の鳴くような声を出す。

「絶対だよ」

「戻ってくるさ」

ティアの頭を撫でると、俺は朝飯も食べないで、出発した。

外に出ると雲行きが怪しかった。小雨《こさめ》が降りそうだ。

急ぎ足で城に向かう。ザクザク、サクサクと地面が鳴る。立ち止まると小鳥のさえずりが聞こえた。

「よく考えたら、ここら辺散歩したことなかったな」

散歩は趣味じゃないから今まで気づかなかった。森の中は木陰で涼しく、青臭い臭いで満ちている。葉は紅葉が始まっているのか、微《かす》かに色鮮やかな気がする。

「この世界って四季があるのかな？」

小道を外れて、雑草を見てみる。タンポポか？　それとも菊？　花に詳しくないから分からない。

「図鑑を片手に歩いてみるのも良いかな」

この道は往来するだけだった。いつも隣にティアが居た。ギンちゃんが居た。ハクちゃんが居た。

俺は三人とお喋りするのに夢中で、小道に何があるか気にしたことも無い。

「行くか」

空気がひんやりしている。急がないと帰りに雨が降るかも。

「しかし、独り言が増えたな」

小走りしていると、ぶつぶつと自分が誰かに呟いていることに気づく。

「昔は独り言なんて言わなかったのに」

どうしてこうなったのか、分かりたくないので考えないことにした。

そんなことをしているとようやく町に着く。

「あの家は町の郊外にあるから、この小道を進むと町の入り口に着く」

一つ一つ観察しながら歩く。大通りに足を踏み入れる。

「大通りを百メートルくらい歩くとラウンドアバウトに着く。ラウンドアバウトの中は芝生が生い茂っていて、右に進むとお城、左手はドワーフたちが住む鉱山に続く。真っ直ぐ進むと冒険者ギルドがあって民家が並ぶ。さらに真っ直ぐ行くと大きな公園がある」

家族亭の前で立ち止まる。

繁盛《はんじょう》しているようだ。ハクちゃんとギンちゃんが、皆と一緒に働いている。並ぶ人は笑顔だ。

「皆、強いな」

あれほどの大人災があったというのに持ち直している。

城に行く道を進む。そうすると家屋など建物は無くなり、広い広い花壇《かだん》がある。

色とりどりの花から甘い香りが漂う。その中に城が威風堂々と建っている。

「青い薔薇か」

とても珍しい物を見たので足が止まる。よく見ると見たことの無い花が花壇に植えられていた。

「ここは異世界だな」

モンスターが居るだけのゲームのような世界かと思っていた。しかしそれは俺の観察力が無かったからだった。

「ラルク王子に会いたい」

城門の草の鎧を着た緑色の軽装の兵士に用件を伝える。

「麗夜様。先日はありがとうございます」

兵士は腰を四十五度曲げると、城門を開けてくれた。

「草の鎧って効果あるの？」

兵士は一瞬、目をつり上げたが、すぐに笑顔になった。

「この鎧はエルフ国の特産品である鎧草で作られています。とても丈夫で柔らかく軽く使いやすいです」

「殴られたり斬られたりしたらすぐに破けそうだけど」

「意外と大丈夫です。鎧草は質感がツルツルしていますし、脂も塗ってあるので刃も上滑りしますし、中に衝撃緩和の綿も詰め込んでいるので」

「綿が詰まってるんだ」

「打撃に関しては鉄鎧よりも強いですよ」

ボクシングのグローブみたいだ。

「だったら冒険者もそれにすればいいのに」

エルフの冒険者は、革鎧や軽装の鉄鎧をつけている人が多かった。

ドワーフとかリザードマンならそれでも分かるけど、エルフだったら草鎧の方が良さそう。

「草鎧は欠点がありましてね」

「欠点？」

「カビやすく、虫食いも酷いんです。湿気の多い洞窟《どうくつ》や森の中だと数日でダメになります」

兵士は苦笑いする。俺も苦笑いする。

「だったら革鎧の方が良いんじゃない？」

「革鎧の利点は自分で作れることです」

「それ手作りなの？」

「下級兵士は自分で作るのが決まりなんです」

「ケチだね。ラルク王子に文句の一つも伝えておこうか」

「それはご勘弁を」

からかったら予想通り困り顔になる。ちょっと面白い。

エルフは植物の扱いに長《た》けていて手先が器用だ。それが実感できた。

「どうしました？　様子が変です」

兵士はぼんやりする俺を不審に思う。

「何でもない。それよりラルク王子に会わせて」

「わ、分かりました」

兵士は首を傾げながらも城に入れてくれた。

城門を潜《くぐ》ると中庭のような玄関の前に来る。ここでラルク王子たちと出会った。

「麗夜様。先日はありがとうございました」

玄関に入ると女性の使用人が頭を下げる。

「ラルク王子に会いたい」

「分かりました。ラルク王子は現在会議中です。客間へご案内するのでしばしお待ちください」

客間に案内される。その間に中の様子を見る。

玄関を潜るとロビーになっている。螺旋《らせん》階段が二個、天井にはシャンデリア、左右に絵画、広さは七十平方メートルくらい。ちょっとしたパーティー会場だ。

螺旋階段の脇を通り過ぎると大きめの通路に入る。だいたい五十メートルくらいで、左右合わせて十個の扉がある。それぞれが客間だ。

「こちらです」

使用人は一秒かけて腰を九十度まで曲げてお辞儀した。そして一秒かけて頭を上げた。

「君ってメイドさんだよね」

「メイドさん？」

彼女は背筋を伸ばし、両手を前に組んだ状態で、顔を右に三度傾ける。

「私は普段は清掃係です。時にお客様をお部屋へご案内することもあります」

「それをメイドさんって言うと思うんだけど」

じっくりと彼女の服を観察する。

全身喪服の様に真っ黒だ。スカートは踝《くるぶし》が隠れるくらい長い。

胸元は締め付けているのか男性の様にぺったんこだ。しかも前ボタンを首まで留めている。

髪は後ろにお団子状に束ねている。顔は可愛いのに色気が無い。

足元は革製の紐靴《ひもぐつ》だが、男物のような感じがする。可愛らしさなど全く無い。

「地味だね。メイドさんだったら胸元が見えるくらい肌を見せるのに」

「人間の世界だとそうなのですか？」

違うかもしれない。偏《かたよ》った知識だから分からない。

「私たちはこれが正装です」

「なんでそこまで地味なの？」

「なんでと言われましても」

彼女は口を一文字《いちもんじ》にして考える。

「昔ばなしですが、この服装は人間に襲われないために作られたようです」

「人間に？」

「エルフは人間から見ると美形なようで、女性も男性も生け捕りにされたようです」

確かに美形だ。

「特に女は捕まえられるとすぐに強姦されたと聞きます。そのため、地味な服を着て、人間の興味を逸らす、らしいです」

「そこまで徹底してるんだ。もしかしてズボンとか穿《は》いてる」

「穿いています」

「暑くない？」

「夏場はタオルが欠かせません」

彼女は右手を口に当てて、小さく笑った。

「この服は掃除をする時に便利なんです。地味だからこそ埃がついても目立たない」

「でも、掃除した状態でお客さんに出会うのって失礼じゃないか？」

「掃除をしている時は頭巾《ずきん》を被っていますし、この下にズボンとシャツを着ています。だから汚れてしまっても上着とスカートを脱いでしまえばすぐに対応できます」

「すぐに脱げるの？」

「ボタンを外せばすぐに脱げるように作られています」

「もしかしてズボンもシャツも黒？」

「もちろんです」

「暑いでしょ」

「暑いですが、汗で汚れても目立たないので」

お互いに苦笑し合う。俺はポケットに手を突っ込んで行儀悪く。彼女は口元を隠して行儀よく。

「君の名前を聞かせて」

「私はライアです」

「ライアさんね。ありがとう。仕事中に引き止めて悪かった」

満足したので部屋に入る。

「麗夜様、どうかされましたか？」

そのまえにライアさんが眉を顰める。

「知りたくなっただけ」

「はぁ……」

ライアさんは不審だと言う顔をしながらも、ガチャンと音を立てないように扉を閉めた。

「広い部屋」

一人になったので客間を見渡す。

中央に三人掛けのソファーが二つ、テーブルを挟んで向かい合っている。

窓側に小さい円状のテーブルがあって、小さめの椅子がある。灰皿もあることから、おそらくあそこで煙草や酒を楽しむのだろう。

窓は大きく高さ五メートル、幅は二メートル、日中の光をたっぷりと受けられる作りだ。

窓の外は薔薇などの花壇が広がっている。

暖炉があって、その上にエルフ二十世とラルク王子の肖像画が飾ってある。

廊下側の壁にはたくさんの見知らぬ男性の肖像画が連なる。天井は一面に小麦畑が描かれている。

小さめのシャンデリアもぶら下がっている。

隅に燭台《しょくだい》が三本ある。夜はここで密会するのかな？

暖炉の反対側には大きな柱時計が、コチコチと音を立てていた。

「本当に広いな」

開放感たっぷりだ。今まで感じなかったが、じっくり見てみると、お城だと実感する。

「待たせたね」

ラルク王子はノックもしないで入ってきた。

「どうして立って居るんだ」

「肖像画を見ていたんだ」

そう言うとラルク王子は誇らしげな顔で隣に立つ。

「歴代当主だ」

ラルク王子をよく見る。身長は百八十センチ、金髪、サラッと自然な髪型、目は金色、長耳。朱雀よりも痩せて見えるから、体重は六十から六十五キロか。

顔立ちは鼻筋がスッと通っていて、目は力強く野心的。肌は染み一つない白。美形だ。

「どうした」

じっと見ているとラルク王子と目が合う。

「その服カッコいいね」

スーツのような礼装を指さす。白地に細かい縦線が並んでいる。胸は小麦の紋章が刺繍されている。前ボタンを留めると腰の細さが強調される。

ズボンも白で、しっかり踝を隠している。靴も白で革靴に見える。ワイシャツも白だ。

「でも真っ白はやり過ぎじゃない？」

「白は太陽の光。すなわち我らエルフの色。会議の時はこれを着て、身を引き締める」

ラルク王子は両手で左右の襟を持つと、カッコつけるように服のズレを直す。

「普段は何を着てるの」

「汚れても良いように茶色のズボンとシャツだ」

「民衆に見られたら幻滅《げんめつ》されない？」

「見られたら、民と同じ立場になりたかったとでも言うさ」

お互いポケットに手を突っ込んでクツクツ笑う。

「鎧とか着ないの？」

「訓練で革鎧を着ることはある。戦場に行くときはマントと王冠も被ることになっている」

「戦場でそんな目立つことするの！」

「式典などでたまに着るが、そのたびにこう思う」

「神よ、戦争が起こりませんようにって？」

ラルク王子は俺のギャグに白い歯を見せた後、すぐに真顔になる。

「いったいどうした？　元気がないぞ」

細い指で俺の顎を掴むと、くいっと優しく持ち上げる。優しい瞳と見つめ合う。

「寝不足か？　目の下に隈《くま》ができている。目は充血してる」

「眠れなくてね」

顔を振って手から逃れると、ソファーに座る。ラルク王子は少し頬にしわを作ったが大人しく座る。

「一か月後、俺は魔軍の大将になる。だから一月後、俺は亜人の国を去る」

ラルク王子が座った瞬間、用件を切り出した。コツコツと柱時計の秒針が進む。

「理由を聞かせてくれ」

ラルク王子は両手を膝の上に置くと、十度ほど前傾した。

「魔軍と人間を和平させる」

「それは君の仕事ではない。それをやろうと思った理由を話せ」

ラルク王子は体を一ミリも動かさない。

「二週間前に亜人の国を襲った二人組だ。あれは僕のクラスメイト、つまり仲間だ」

ラルク王子はひゅっと息を吸い込む。

「まだクラスメイトが居る。全員人間領に居る。倒さないといけない」

ラルク王子は視線を泳がせる。窓に目を移すと、そこから動かなくなる。再び時計の秒針が聞こえる。

「君が魔軍の大将になる。心強いことだ」

目線を落として、口をギュッと結ぶ。

「でも君が魔軍の大将になる必要は無いだろ」

「和平させないと勇者と戦えない」

「なぜだ」

「クラスメイトは勇者という立場だ。その状態で戦うと人間全員を敵に回す。でも魔軍と和平すれば勇者という立場を失う。そうすれば、俺はあいつらとタイマンできる」

「考えは分かった。でも君が戦う必要は無いだろ」

「俺が戦いたいんだ」

「なぜだ？　正義感か？　だったら止めろ。ここに居ろ」

「俺はあいつらに復讐したいんだ」

「復讐？　前のことは気にするな。次はああならない」

「俺はクラスメイトに虐められていた。亜人の国が襲撃されたことは関係ない。これは私怨なんだ」

ラルク王子は深いため息とともに、肘を膝について、手の甲で額を押さえて、俯く。

「まあ、君が魔軍の大将になれば、亜人の国は平和になるだろう。反対する理由はない」

自分に言い聞かせるように呟くと顔を上げて、足と腕を組む。

「和平したら魔軍の大将を辞めるのか？」

「戦争するなと釘を刺した後、辞めるつもりだ」

「それが良い」

ラルク王子は腕を解くと、背もたれにもたれかかり天井に息を吐いた。

「本来大貴族が外に出るなどあり得ないし、魔軍に所属したとなれば地位をはく奪する必要がある。だが君は私の友人だ。特別に計らってやろう」

「俺は二度と亜人の国に帰らない。だからその必要は無いよ」

時計の針は進むのに、時が止まった。

「復讐が終わったら死ぬつもりか」

ラルク王子はテーブルに突っ伏すように前かがみになった。

「それとは別の用件だが、食料流通の改善を頼みたい」

問いに答えず更なる用件を伝える。

「そんなこと話してる場合じゃないだろ」

「この話は他言無用で頼む」

「話を聞いてくれ」

「最後に、ティアたちをよろしく頼む。皆は関係ない」

話は終わったので立ち上がる。

「一月以内に食料流通の改善案を提出する。それを元に何とか、家族亭に食料が届くようにしてくれ」

扉に向かう。

「君は私の友人だ。忘れないでくれ」

部屋を出る直前、ラルク王子は小さく呟いた。

「ついでにギルド長に会うか」

城を出ると日差しで目が焼けた。この時間帯ならまだ冒険者ギルドに居るはずだ。

冒険者ギルドに向かう途中も町を観察する。特に人々を良く見る。

エルフは人間によく似ているけど長耳が特徴的だ。女性は髪を伸ばすのが流行っているようだ。男性は短髪。整髪剤が無いためか、短髪も長髪も風になびいている。

ドワーフは筋骨隆々の体に半そでの服を着ている。背は小さいから岩の様に見える。

リザードマンは口が長く竜のようだ。服は動物の皮をなめしたものだろうか？　エルフやドワーフと違って見える。

冒険者ギルドの前に立つ。大きな建物で目立つが玄関は小さめだ。

来たついでに裏手に回ってみる。そこは大きなガレージのようだった。大荷物はそこから中に入れるようだ。

周りを歩いてみる。外装はレンガで丈夫そうだ。窓は何個もあるが、裏手にはほとんどない。あそこは保管庫だろうか。きっと日光に弱い品物が置いてあるのだろう。

玄関に入るとカランコロンと鐘がなって来客を知らせる。

正面は受付だ。幅は十メートルほど。ここで冒険者が取ってきた素材をやり取りする。

左手に食堂兼酒場がある。酒豪が多いので酒の臭いが昼間なのに臭ってくる。

席は百席もあって、壁には酒やつまみのメニューの他に、クエストの張り紙もある。酔っぱらった頭でクエストを安請《やすう》け合いして大丈夫なのだろうか？

厨房とカウンターが右手にある。壁を埋め尽くすほど大きい。厨房の向こうでエルフの料理人がパンをこねている。

カウンターの奥には山の様に酒が積まれている。カウンターに座る二人のドワーフが、何を飲もうかと涎《よだれ》を垂らしていた。

席は満席で大勢が部屋に轟くほど笑いながら昼飯を食べている。お酒を飲んでいる奴も居る。

窓際は装備置き場の様で鎧や剣が積み重なり、日差しを遮っている。

「麗夜様。先日はありがとうございます」

受付の前に行くとエルフの老人が頭を下げる。俺がここに来たばかりの頃は彼は敵意むき出しだった。

「ギルド長は居る？」

「居ますよ。どうぞ中へ」

受付の老人は受付横の扉を開く。そこは従業員専用の通路になっていて、奥の部屋がギルド長室だ。

「あなたの名前はなんですか」

通路に入る前に受付の老人エルフに聞く。

「私はレリックと申します」

「今まで自己紹介してなかったね。俺の名前は新庄麗夜だ」

「まさか麗夜様に名前を覚えてもらえるなんて！　今日は付いてますね！」

お互いに会釈《えしゃく》してから通路に入る。

通路の幅は三メートルほどだった。

右手には小さめの窓が並び、左手には質素なドアが十個並んでいる。

プレートには、酒、食料、落とし物、仮眠室、資料室などと書いてあった。

真ん中くらいに階段がある。幅は四メートルと広めだ。二階は大荷物の保管庫か倉庫になっているのかもしれないな。

真っ直ぐ進むとギルド長室だ。

そこだけプレートが銀色に光っている。それ以外は他のドアと同じだ。

コンコンとノックする。

「どうぞ」

透き通った声が返ってきた。中へ入る。

「麗夜さん！　お久しぶりね」

ギルド長は奥の机の上で書類を読んでいた。俺の顔を見ると、即座《そくざ》に書類を置いて立ち上がり、小走りで俺に抱き付いた。

「元気になったのね！　心配したわよ」

「心配かけてごめんよ」

ギルド長を見つめる。垂れ目で金髪の長髪、鼻筋は通っていて顔も細い。

白いワイシャツに、ぴっちりとした茶色いスカート。腕も足も細いが、出るところはしっかり出ていた。

「どうかしたの？」

「何でもない」

ギルド長が離れたのでソファーに座ろうとしたが、その前に部屋を見渡す。

部屋の広さは十平方メートル。中央に二人掛けのソファーがテーブルを挟んで向かい合っている。

部屋の壁は書類棚で埋まっている。書類棚の上には職員、冒険者、素材などのプレートがあって、各棚には日付が書いてある。

机は部屋の奥にあって、そこだけ窓がある。

机はインクの染みから、年季の入った物だと分かる。

椅子は背もたれの付いた簡素な物で、ブランケットが背もたれにかかっていた。

「座ったら」

ぼんやりしているとギルド長がテーブルにあるカップを二つ取る。

ゆっくりとソファーに座る。中の綿が湿っているのか硬い感触がした。

「心配で会いに来てくれたの？」

ギルド長はカップに冷えた紅茶をこぽこぽと注ぐ。

「一月後、亜人の国から立ち去る。だからお別れを言いに来た」

こぽこぽという音が途切れる。

「……寂しくなるわね」

ギルド長はカップを一つ差し出す。

「どんな理由で？」

寂しそうな笑顔だ。目線が下を見ている。

「襲ってきた二人組は俺の知り合いだ。復讐しないといけない」

ギルド長はゆっくりと、カップに口をつける。こくんと一度だけ喉が鳴る。

「私たちのため？」

「俺のためだ。君たちのためじゃない」

チクタクと音が聞こえる。探してみると、ドアの真上に時計があった。注意力不足だった。

「いつ戻ってくるの？」

ギルド長は下を向いたまま、カップをテーブルに置く。

「もう戻らない」

「なんで？　終わったら戻ってきたら」

「皆に迷惑がかかる」

ギルド長の耳が犬か猫のようにぴくぴく動く。びっくりした時の癖かな？

「やめたら。そんなバカなこと」

「やりたいんだ」

「ティアちゃんたちはどうするの？　家族亭は？」

「それをお願いしに来た」

ギルド長は顔を上げる。目は見開かれ、頬が強張《こわば》っている。

「ティアたちをよろしく頼む」

「なんで私がそんなことを？　あなたが責任取って面倒見なさい」

「あなたはギルド長で信用があるし、能力もある。皆が困ったら相談に乗ってくれ」

ギルド長は体を丸めて、頭を抱え込んだ。

「もしも対応しきれないなら断っても良い。無理は言わない」

「勝手なこと言わないでよ……」

声が上ずっている。泣いているのだろうか？

「今日はお別れを言いに来ただけだから、これで失礼するよ」

「来ないで欲しかったわ」

怒らせてしまったようだ。

「このことは他言無用で頼む」

「馬鹿」

顔を上げなくても、怒っているのが分かる。

席を立つ。そこで最後に、聞いておきたいことがあることに気づく。

「あなたの名前を教えてくれ」

「名前？」

「いつもいつもギルド長って呼んでたから気にしたこと無かったけど、そういえば、自己紹介してなかったなって」

「前に一度伝えたわ」

なんてことだ。

「失礼。聞いていなかった」

「あの時はティアちゃんに夢中だったからね」

ギルド長は顔を上げない。体は小刻みに震えている。

「私の名前はオーリよ」

「オーリさん。今までありがとう。さようなら」

オーリさんの部屋を出る。オーリさんは最後まで顔を上げなかった。

町の人たちの挨拶が終わったので帰路に就《つ》く。

「やっぱりティアたちは手紙だな」

目の前でお別れできるほどの度胸は無い。だから手紙を書いて、眠るティアとギンちゃん、ハクちゃんの横に置こう。

「ダイ君たちにも手紙を書かないと」

百人分の手紙だ。大変だが、騎士になってくれたのだから、礼儀は尽くそう。

日が暮れた頃、ようやく自宅に到着した。

「ただいま」

「お帰り！」

玄関の前で待ち構えていたティアに抱き付かれる。

「良かった！　本当に良かった！」

グスグスと泣き虫みたいに泣きついてくる。温かい滴が肩を濡らす。

「もう帰って来ないかもって！」

「バカなこと言うな」

可愛らしい涙で身も心も温かくなる。

「お腹が空いた」

「ごはん食べる？　何食べる？　すぐにできるよ！」

ティアは顔を離すと泣き腫《は》らした顔で笑う。両手は俺の首に回したまま。

「その前に風呂に入りたい」

「ならティアが背中洗う！」

ティアは俺の左腕に両腕で絡みつくと、ぴったりと肩をくっつける。

「一人で洗えるよ」

「洗うの！　絶対洗うの！」

ぎゅうぎゅうと腕が胸に挟《はさ》まる。変な気分になるからやめて。

「昔はともかく、今は別々に入ってたじゃないか。その通りにしようよ」

「絶対に嫌だ！」

ティアは俺の肩に顔をくっつける。再び温かい涙が肩に落ちる。

「ティアは麗夜と一緒。ずっとずっと一緒なの」

頑《かたく》ななティアに笑みが出る。

「分かった。一緒に入ろう」

ティアはパッと顔を上げる。額に学ランのしわが刻まれていた。

「じゃあ行こ！」

グイグイと凄い力で引っ張られる。

「ティア、痛いって！」

「絶対に放さない！」

ティアは言うことを聞かない。

「ティアは麗夜の傍に居るから」

ティアはその日から、片時も俺の傍を離れなくなった。


一月が経った。

「終わった！」

夕方ごろ、ようやく経営マニュアルと食料流通の改善案が完成した。

「終わった！」

後ろで図鑑を読んでいたティアが、後ろから抱き付く。

「一か月間お疲れ様ぁ〜〜」

顔いっぱいに頬ずりされる。

「そっちはどう」

「お花の種類と育て方と美味しい野草が分かった！　もう大丈夫！」

えへんと大きな胸を張ると小山ができる。

「本当？」

「本当！　嘘じゃない」

「そう言って前は毒草と毒キノコのスープを作っただろ」

「あれはあれで美味しかった。麗夜も喜んでた」

「確かに美味しかった。でも家族亭の皆に味見させたら下痢で大変だったぞ。客に出したら大事だった」

「皆貧弱。ティアたちの様に強くならないと」

「俺たちくらい強くなったら大変だよ」

窓を開けて口笛を吹く。すると遠くから朱雀がやってきた。

「愛しのマイハニー！　麗しき恋人の朱雀がやってきたぜ！」

「この書類ラルク王子に渡してきて」

ポンと書類の束を手渡す。

「もうちっと反応してくれても良いんじゃねえか」

「早く行け」

シッシッと追っ払った。

「やっとゆっくりできるね」

ティアが腕を組んで、太ももから脇腹、腕、肩と、隙間なくピトッとくっ付けてくる。

「歩きにくいぞ」

「ゆっくりでいいじゃん」

ハハッと笑って二人でリビングに行く。

「もう夕食じゃぞ」

リビングで配膳《はいぜん》していたギンちゃんに睨まれた。

「ここ一月、家に籠《こも》りおって。家族亭も私たちも放っておくとはどういうことじゃ」

「放っておいてはいないでしょ」

「なんでそう思う」

「散歩したりダイ君たちの特訓見たりしたじゃん」

「週に一度じゃ。それに家族亭には一度も行っておらん。私たちに任せきりにして。それに朝食も昼食も夕食も部屋で済ませることが多かった。飯くらい家族で食うのが普通じゃろ」

グチグチ、ネチネチと腕組みして説教を始める。二週間前からこの調子だ。

「麗夜のお仕事は終わったし、今日からまた遊べるよ」

ティアが手を合わせてギンちゃんに謝る。

「だから許してあげて」

「私は怒っていない。心配してるだけじゃ」

怒った時の言い訳をしながら配膳を済ませ、エプロンを外す。

「もう夕食じゃ。早く座れ」

とたとたと柔らかい足音を出しながら台所へ向かった。

「ギンちゃん嬉しそうだね」

ティアがクスクスッと笑う。

「そうなの？」

「ギンちゃん、麗夜が居ないとしょんぼりしてるよ」

はぁっと生温かい息を吐いて頭を掻く。

「仕事漬けだったからな」

俺って一つのことに集中すると周りが見えなくなるタイプなんだろうか？

「でも今日から元気だよ」

ティアと隣り合って食卓に着く。

「ぎゃぁあああああ！」

なぜか台所からギンちゃんの悲鳴が聞こえた。

「麗夜！」

そしてとてとてと生クリームまみれのハクちゃんが現れた。手に何か持って居る。

「これ！　私が作ったの！」

ハクちゃんは似顔絵が描かれたパンケーキを四つ、お皿に載せて持ってきた。

「これって俺たち？」

丸いパンケーキの上に生クリームで目と口が描かれている。どちらも三日月型で笑っている。

髪を表しているのか、頭の部分の色が違う。ティアは水色のゼリー、ハクちゃんとギンちゃんは生クリーム、ついでに犬耳も生クリーム、尻尾まである。

どっちか見分けがつかない。俺の髪は苺に黒砂糖を混ぜたジャムみたいだ。

「上手にできてるね」

撫でようと思ったが、顔も髪も生クリームだらけなので躊躇《ちゅうちょ》する。

「でしょでしょ！」

ハクちゃんは鼻の上にクリームがあるのに飛び跳ねる。服の上にたっぷりとついたクリームがびちゃびちゃとテーブルや床に落ちる。

「こらぁ！」

ギンちゃんが走って戻ってきた。すると足元のクリームに足を滑らせる。

「ぐふ！」

ギンちゃんは後頭部を床に打ち付けた。

「食べて食べて！」

ハクちゃんはお母さんが転んだのに全く気付いていない。真っ直ぐ俺を見てる。

「食べるのが勿体《もったい》ないな」

「食べてぇ～～～！」

お皿を持ったままバタバタと地団駄《じだんだ》を踏むハクちゃん。パンケーキがお皿から落ちそうになる。

「分かった分かった！」

テーブルにあったフォークを使って、俺は似顔絵のパンケーキを齧《かじ》った。

「甘くて美味しいね」

「やったぁ！」

ハクちゃんが両手をめいっぱい上げて、クルクル回り出す。

そこにギンちゃんがやってきて、ハクちゃんの首根っこを引っ掴んで持ち上げる。

「お母さん！　麗夜が美味しいって！」

「んなことより風呂に入ってくるんじゃ！」

ギンちゃんはそのまま風呂場へ向かった。

「なんで生クリームまみれになったんだろう」

一番聞きたかったことを聞きそびれた。

「上手にできたから万歳《ばんざい》したんだよ」

「生クリームの入ったボールか何か持って？」

「ハクちゃん、麗夜を元気にするって一生懸命だったんだよ。だからお菓子作ろうって。でも一か月経っても上手にできなくて。やっと上手にできたからはしゃいじゃったんだね」

「俺のために作ってくれたのか」

「当たり前だよ」

それを聞くと額縁《がくぶち》に入れて飾っておきたくなる。

「ハクちゃんが出てくる前に掃除しちゃうね」

ティアはナプキンでテーブルと床を拭く。

「手伝うよ」

「こっちは大丈夫。麗夜はハクちゃんのパンケーキ食べてあげて」

テキパキと手際がよく、手伝おうとしても隙が無い。

「なら、食べるよ」

ティアがしゃがんで床を拭く。始めは床磨きも苦労したのに、今は立派な奥さんのようにこなせる。

一口パンケーキを食べる。今度はティアの似顔絵のゼリーの部分だ。

「美味しい」

それしか言えない。ゆっくりゆっくり、味を噛みしめる。

「サッパリした」

パンケーキを食べ終わると、ホカホカと湯気を纏ったパジャマ姿のハクちゃんとギンちゃんが現れた。

「結局もう一度入ることになった」

ギンちゃんは疲れたと肩を落として食卓に座る。

「折角作ったのに冷めてしまった」

湯気の出ていないスープやパンを見てがっかりする。

「温め直すから待ってて」

厨房の掃除を終えたティアは戻ってくるやいなや、スープを持って再び厨房へ向かった。

「麗夜ぁ～～」

ハクちゃんが俺の膝に腰を下ろす。

「食べにくいよ」

「今日はこうやって食べる！」

ハクちゃんは自分の席にあったスプーンやフォークをこっちに引き寄せる。

はしたない行為にギンちゃんが怒ると思いきや、ため息を吐くだけだった。

「もう勝手にせい」

どうやら疲れ切ってしまったようだ。

「お疲れなの？」

「家事は全部私がやっているんじゃぞ」

ギロッとジト目で睨まれたので、しまったと思った。

「お前は部屋から出て来ないし、ティアはお前に付きっ切り。おかげで掃除洗濯料理は全部私の仕事じゃ」

「ごめんごめん」

唇を尖らせるギンちゃんに謝る。

「おまけに家族亭も切り盛りしとるんじゃぞ。疲れるに決まってるわい」

ぶうぶうと頬っぺたを膨らませる。なんだかハクちゃんのお姉さんに見えてしまうから不思議だ。

「まぁ、明日から楽ができるわい」

首に手を当ててるとゴキゴキ音を鳴らした。

「お待たせ」

ちょうどティアが戻ってきたので、夕食が始まった。

「麗夜、あーんして」

膝の上のハクちゃんがレンゲで湯気が立ち上る雑炊を掬《すく》い、口に運んでくる。

「あーん」

零《こぼ》しそうだから急いで口に入れる。口が熱くて咽《む》せそうになった。

「今度はティアの番」

ティアがスプーンでトマトスープを掬い、ふうふうとしてから口元へ持ってくる。

「あーん」

美味しいけど手を使う暇がない。というかハクちゃんが邪魔。

「このトマトスープ、にんにくが入ってる？」

珍しい味だったのでギンちゃんに聞いてみた。

「にんにくは風邪に効くらしいからの。今のお前にはピッタリじゃ」

「俺は風邪なんて引いてないよ」

「元気が無いのは風邪のせいじゃ。エミリアに聞いたから間違いない」

白信満々のギンちゃん。

「俺が風邪をひいていると思ったから病院食みたいな献立《こんだて》なの？」

おじややトマトスープなど消化に良い物が目白押しだった。どれも風邪に効くと言われる薬味や薬草が入っている。

「お前は病気じゃった。だからこうしたんじゃ」

ギンちゃんは自慢げに笑う。おじやを食べて、美味しいと自画自賛する。

「ありがとう」

俺は皆に気を遣われながら、最後の夕食を過ごした。

夕食が終わると風呂に入る。

「麗夜とお風呂、お風呂、麗夜とお風呂」

ティアは毎度のごとく一緒に脱衣所に入って服を脱ぐ。

「目のやり場に困るんだよな」

毎回毎回、目を逸らさなければならない。

「麗夜、お洋服脱がすから万歳して」

まるで俺はおじいちゃんだ。

「自分で脱ぐよ」

「ダメ！」

ティアは強引に学ランを脱がせる。せめてバスタオルを巻いてくれ。

「ズボンは自分で脱ぐよ」

「え～」

え～じゃないよ。背中を向けてズボンと下着を脱ぎ、前を隠す。

「お風呂行こ」

ティアは惜しげなく裸体を晒しながら手を掴む。

「自分で行けるから」

「行くの！」

前かがみの状態でティアに引っ張られた。

浴室に行くとお湯を被り、体を洗う。

「ごしごし」

ティアは体を揺らしながら俺の背中を洗う。

「バスタオル巻いてって」

鏡越しに注意する。もちろん顔だけ見る。

「なんで？」

さわさわとくすぐったい感触が背中を襲う。

「女の子は裸見せちゃダメなの」

「好きな人には見せて良いって本に書いてあったよ」

作者は誰だ？　訴えてやる。

「こっち向いて」

毎度のごとく平然と言う。

「自分で洗うって」

「わがまま言わないの」

クルッと体が回転してティアと向き合う。

「麗夜も慣れないとダメだよ？」

柔らかい指と手が胸や腹を舐める様に伝う。

「男だったら絶対に慣れないって」

つか恋人でもこんなことしないだろ！

「下も洗うね」

「そっちは絶対にダメだ！」

ギャアギャアと毎度のやり取りをして温まる。

「麗夜とおねんね」

パジャマに着替えると明かりを消してベッドに入る。ティアは腕や足を絡ませて密着する。

「暑苦しくないか？」

「気持ちいい」

ティアの指が俺の指と絡まる。

「ティアは麗夜と一緒。ずっと一緒」

ティアの柔らかく湿った唇がチュッと俺の唇に触れる。

「寝よう」

こちらからもキスを返す。

「うん。お休みなさい」

「お休み」

ティアと向き合ったまま、お互いに目を瞑った。

……眠気を我慢してティアが眠るのを待つ。

「すう……すう……」

ティアの寝息が聞こえたので薄く目を開ける。

ティアは月明かりに照らされていた。水色の髪と真っ白な肌が、綺麗に輝いていた。

ゆっくりゆっくり、体に絡まるティアを引きはがす。

「うにゅ」

腕を解《ほど》く直前に再び抱き付かれることもあった。しかも遠慮のない力なので解くのがさらに難しくなる。

「知恵の輪やってるんじゃねえんだぞ」

一本一本、指を解く。次に首に巻きつく腕を外す。最後に足に絡まる足を引き抜く。

やっとの思いでベッドから出ることができた。

「慎重に慎重に」

抜き足差し足忍び足。音を立てないようにドアノブに手をかけると、たっぷりと時間をかけて回す。

ドアを開けると、ティアが起きていないか、振り返って確認する。

「すう……すう……」

ティアは変わらず寝息を立てている。

「お前に会えて、俺は本当に幸せだった」

俺はお別れを言うと、月明かりを頼りに、足音を殺して、書斎に向かった。

「俺は泥棒か？」

自己嫌悪しながら書斎に入る。月明かりの中、机から手紙を一通取り出す。

皆へのお別れの手紙だ。

「一枚しか書けなかったな」

手紙を机の上に置いて苦笑する。

お世話になった人全員に手紙を書くつもりだった。ところがいざ書き出すと、書いても書いても終わらなかった。ティアへの手紙など紙が十枚あっても足りなかった。

他にやることもあった。それに書けば書くほど、懐かしくて決意が鈍《にぶ》った。

だから素っ気なく終わらせることにした。

内容は一言。

「今までありがとう。さようなら」

皆に伝えられる言葉はこれだけだ。

最後にやり残したことが無いか確認する。

家族亭の経営マニュアルはすでに用意した。食料流通の改善案も提出した。手紙も机に置いた。

「準備はできた」

持ち物はチートで作れるから、身一つで十分だ。

書斎を出ると再び足音を殺して、ギンちゃんとハクちゃんの寝室に行く。

起こさないように丁寧に、扉の隙間から中を見る。

「……すう」

ベッドの小山からハクちゃんの寝息が聞こえた。隣の大山がギンちゃんだろう。

「さようなら。元気でね」

全員に挨拶が終わると玄関から外に出る。

冷たいそよ風が体を撫でる。真ん丸なお月様が空に居る。

「ダイ君たちも元気でね」

湖近くに作った駐屯地に目を移す。

あそこにドラゴン騎士団とワイバーン騎士団、総勢百人が暮らしている。

駐屯地の近くに洗濯物が干してある。焚火《たきび》の跡もあり、鍋もある。

皆、自分で洗濯や料理ができるようになった。立派な騎士になった。

「寂しいな」

朱雀との待ち合わせ場所は、山を三つ越えた先の高台だ。道は町の反対側の獣の道だ。

がさがさと草木をかき分けて進む。冬が近づいてきたのか、森の中は肌寒い。

さらに進み、家から十分離れたところで全速力で走る。バキバキと草木をなぎ倒して進む。

「朱雀！　時間だ」

高台に着くと朱雀を呼んだ。

ひゅうひゅうと山風の鳴き声だけが聞こえた。

「どこに行ったんだ？」

サクサクと雑草を踏みつけて進む。青臭い臭いが鼻を突く。

ところが突然、青臭い臭いが何かが焼ける臭いに変わった。

「山火事か」

臭いの方向は高台のさらに向こうだった。

そこは戦場の焼け跡だった。いくつも地面が抉《えぐ》れていて、ぶすぶすと火がくすぶっている。

そこで朱雀がドラゴン騎士団とワイバーン騎士団の皆と戦っていた。

「どうしたどうした！　お前らの気持ちはそんなもんか！」

ボロボロになって倒れる皆に朱雀は叫ぶ。

「ぐ……」

ダイ君たちは体を起こすが、ダメージが酷いのか、立ち上がれない。

「だからお前らは麗夜に見捨てられるんだよ」

朱雀は鼻で全員を笑い飛ばす。

「なんで麗夜はお前らを置いて行くと思う？　足手まといなんだ！　付いて来ても邪魔なんだよ」

「ぐぅううう！」

ダイ君たちは歯が折れるほど歯を食いしばる。朱雀はそれでも笑い飛ばす。

「お前らは騎士とか自称してるが、そんなの子供の騎士ごっこと変わらねえ。大人しく帰って寝な」

「ふざけるな！」

ダイ君たちは口から血を流しながらも、朱雀に立ち向かった。しかし朱雀は軽々とねじ伏せる。

「なんだこのパンチは！　ハエが止まるぜ！」

左右から襲い掛かる拳をひらりとかわしてカウンターを叩き込む。背後からの羽交《はが》い締《じ》めも裏拳で対応する。

俺はその光景を見て、絶句するしかなかった。

「皆、麗夜が好きなんだよ」

いつの間にか隣にティアが立っていた！

「居たのか！」

「ずっと後ろに居たよ」

どうやら、跡をつけられていたらしい。

「いつから気づいていた」

「ずっと前から。だから朱雀に話を聞いたの」

「朱雀に！」

まさかあいつがこんなにお喋りだと思わなかったぜ！

「麗夜、朱雀は悪くないよ。ティアがお願いしたんだもん」

ティアは満月の光を後光の様に浴びている。

「朱雀はね、始めは喋らなかった。でもね、根負けしてね、ティアに言ったの」

「なんて言ったんだ」

「お前はどうして麗夜の悩みを聞きたいんだって」

ティアは胸に手を当てて微笑む。

「麗夜が居ないと幸せになれないから。ティアはそう言ったよ」

横風が吹く。ティアの目元から滴が飛び散る。

「俺と一緒に居ると後悔するぞ」

それだけは伝えないといけない。

「麗夜と一緒なら後悔しても良い」

ティアの両手が俺の頬を撫でる。

「麗夜はティアと居ない方が幸せ？」

目頭がジクリと痛んだ。

「そんな訳ないだろ」

涙がティアの手を濡らした。

「馬鹿者が」

ギンちゃんの声が聞こえた。ギンちゃんは木の陰で様子を窺っていた。

「大事なことは直接伝えるんじゃ」

ギンちゃんはぐしゃりと手紙を握り潰すと、そのまま額をコツンと叩く。

「帰って寝るぞ。話はそれからじゃ」

ギンちゃんは無愛想に家に帰って行った。

「怒られちゃったね」

「悪いことしたな」

反省しながら、ティアと腕を組んで帰る。

もうその手を離す必要は無い。


ちなみに、ぐっすり眠った後、ダイ君たちが朱雀と戦っていたことを思い出して、急いで高台に戻った。

「遅いぞ」

さすがの朱雀も疲れ切っていた。だから緊張の糸が切れたのか、無防備にこっちを見た。

「隙あり！」

その隙にダイ君に殴られた。

「いい加減にしろよお前ら！」

戦いは三日続いた。

第七章　魔軍掌握

俺はティアと一緒に魔界へ行くこととなった。ダイ君たちも一緒だ。

ラルク王子とオーリさんにも改めて皆と魔界に行くことを伝えた。

「行くのか」

二人とも、寂しそうだった。

「また戻ってこい」

でも、二人は前とは違い、笑ってくれた。

亜人の国はこれで良し、あとは皆と出発するだけ。

ただしハクちゃんとギンちゃんは亜人の国に留まることになった。

魔界は朱雀によると地獄のようなところらしい。

ギンちゃんはそれを聞いて、留守番を選んだ。

「嫌だぁ～～～～！　私も麗夜と一緒に行くぅ～～～」

ハクちゃんはリビングで寝っ転がってジタバタ暴れる。

「ダメじゃ！　お前は私と残るんじゃ！」

「嫌だぁ～～～～！　行きたい行きたい行きたい！」

ゴロゴロゴロゴロと部屋いっぱいに転がりまわる。

「……おえ」

目が回ると止まった。

「気は済んだか」

ギンちゃんは娘の駄々っ子ぶりに頭を振る。娘はそれを見て頬っぺたを膨らませる。

今度はでんぐり返しで部屋中を転がりまわる。家が振動するほどの猛スピードだ。

「危ないからやめんか！」

ギンちゃんが慌てて押さえ込もうとする。

ゴロゴロゴロゴロ。ドガン！

ハクちゃんは壁を突き破って家出してしまった。

「家を壊すなぁ～～～！」

ギンちゃんは耳まで真っ赤になってハクちゃんを追いかけた。

バギン！　娘と同じく壁を突き破って。

「さすがレベル１００万以上。でんぐり返しで壁を突き破るとは」

凄まじい光景にため息が出る。

「ギンちゃんまで壁壊してどうするんだろ」

ティアは白い目で大穴の開いた壁を見つめた。

その日、ハクちゃんは大荒れだった。

「バカバカバカバカバカバカ！」

暴れまくってごはんすら食べない。

「食いたくないなら部屋に戻れ！」

ギンちゃんは怒髪冠《どはつかんむり》を衝《つ》く勢いだ。

「お母さんのバカ！　麗夜のバカ！　ティアのバカ！」

そう言ってハクちゃんは部屋に閉じこもってしまった。

「ようやく静かになったわい」

ギンちゃんは部屋の様子を見た後、戻ってきてため息を吐いた。

「もう私は何も言わん」

ギンちゃんは俺を見るとグスリと鼻を啜《すす》った。

「ごめんよ。我がまま言って」

後頭部が見えるくらい頭を下げる。

「全く、頑固な奴じゃ」

ギンちゃんはそう言うと、俺を抱きしめた。

「復讐するのは、もうええ。じゃが、飽きたらここに帰ってくるんじゃ」

「飽きたら？」

「どんなに恨んでも、いつかは恨み疲れるもんじゃ。私がそうじゃった。だから、そうなったら帰ってくるんじゃ」

ギンちゃんの温かさに、目頭が熱くなる。

「約束するよ」

「ああ……約束じゃ」

ギンちゃんは続いてティアを抱きしめる。

「ティアも気を付けるんじゃぞ。命は一つしかないんじゃ。どんなに強くても、それを忘れるな」

「ありがとう」

ティアはお礼を言って、ギンちゃんの額にキスをする。

「お休み」

「お休みなさい」

俺とティアはギンちゃんに一礼する。

「ああ、お休みじゃ」

ギンちゃんは寂しそうに手を振った。


翌日の早朝、ついに出発の時だ！

「飛行ルートの地図だ。万が一逸れたらそれを見て、所定の位置に待機するんだ」

ダイ君がドラゴン騎士団に指示を出す。

「ワイバーン騎士団は斥候《せっこう》よ。飛行ルートが安全か確認するわ。万が一嵐で逸れたら、所定の位置で待機よ」

キイちゃんがワイバーン騎士団に指示を出す。

「さあ麗夜！　遠慮せず俺の上に跨《また》がってくれ！」

朱雀は仰向けに寝っ転がって腰を振る。

「この緊迫した空気で何やってんだ！」

ゴキンと朱雀の頭に足で突っ込みを入れた。

「麗夜様！　出発の準備が出来ました！」

ダイ君が敬礼したので頷く。

「魔界へ出発だ！」

ダイ君たちドラゴン騎士団は真の姿であるドラゴンへ戻る。

俺はティアと一緒にダイ君の背中に乗る。

「先に出発させていただきます」

キイちゃんたちワイバーン騎士団は変化スキルを解除し、真の姿であるワイバーンへ戻る。

そして一足先に、空へ羽ばたいた。

それを見届けた後、ギンちゃんに微笑みかける。

「じゃあ、行ってくる」

「気を付けるんじゃぞ」

見送りのギンちゃんは手を振る。ハクちゃんの姿はどこにもない。

「ハクちゃんはまだ寝てる？」

ティアが寂しそうにあたりを見渡す。

「ああ。不貞腐《ふてくさ》れておって、揺すっても起きてこんかったよ」

ギンちゃんもあたりを見渡してため息を吐く。

「帰ってきたら、全力で謝るよ」

「そうしてくれ」

ギンちゃんは名残惜しそうに俺たちを見つめる。

「じゃあ！　元気で！」

「頑張ってこい！」

でも、笑顔で見送ってくれた。

ダイ君の背中を叩く。それを合図に、ドラゴンたちは一斉に飛び立った。

「達者でな～」

ギンちゃんは俺たちが見えなくなるまで手を振っていた。

■

ギンちゃんは麗夜たちが見えなくなると、一人で屋敷にトボトボと帰る。

「寂しくなるのぅ」

屋敷に戻り、呟く。

「広すぎるぞ」

涙が出たので目元を擦る。

「ハク！　そろそろ起きんかい！」

気持ちを切り替えるためかハクちゃんを起こしに寝室へ行く。

ガチャンと扉を開ける。ベッドの上の毛布は未だに膨らんでいる。

「ほれ！　いつまでふて寝しとる！　そろそろ朝飯の時間じゃ！」

ギンちゃんは大声で怒鳴るが、返事はない。

「ええ加減にせい！」

バッと毛布をはぎ取る！

そこには大きなオオカミのお人形さんが寝ていた……。

「我が娘が人形に」

さすがのギンちゃんも娘がぬいぐるみに変わっていて固まる。

「……まさか！」

クンクンと鼻を鳴らす。

ブチ！

「あの馬鹿娘が！」

頭の血管が切れる音とともに、ギンちゃんは屋敷を飛び出した。

■

「――なんでハクちゃんがここに居るの！」

ハクちゃんがダイ君のお腹からよじ登ってきたので、俺は思わず背中から落ちそうになった。

「にひひひ！　お人形さんを身代わりにしてきたのだ！」

ハクちゃんは得意げに笑う。

実はハクちゃん、朝早いうちに起きると、人形を身代わりにして、一足早く出発の場所に来ていたのだ。

そして俺たちが飛び立つ刹那《せつな》、ダイ君のお腹にしがみ付いたのだ！

「大変！　早く引き返さないと！」

さすがのティアも大慌てだ。

「麗夜様！　大変です！」

そこに先行していたワイバーンのキイちゃんが戻ってくる。

「どうした！」

「飛行ルート周辺に、雷を纏う積乱雲が発生しています！　あと数時間で魔界は数年に一度の大嵐となります！」

「なんだと！　ならこの機会を逃したら！」

「少なくとも一年は魔界に立ち入ることはできません！」

「くそ！」

　この機会を逃したら少なくとも一年は何もできない。

　引き返して一年待つか、このままハクちゃんと一緒に魔界へ行くべきか。

「根性のあるガキだな！」

　そこに空を飛んでいた朱雀が人型に戻って、ダイ君の背中に舞い下りる。

「来らまったらこのまま魔界に行くしかねえだろ」

　朱雀は笑いながらハクちゃんの頭を撫でる。

「その通り！」

　ハクちゃんは偉そうにふんぞり返る。

「それに、保護者も付いてきてるからな」

　朱雀は親指で後方を指さす。

「保護者？」

　何を言っているのか分からなかった。だから後方へ目を移した。

　ズババババババババババババ！

「またんかクソガキ！」

ギンちゃんが海上を走って追いかけていた！

ゴオオオオオオオオオオオ！

ギンちゃんが海面を走ると、波紋が津波となって広がる。

「す、すげえ！　さすがレベル１０００万以上！」

「こ、これが母の力！」

ティアと一緒に思わず見入る。

「わ！　お母さんが追いかけてきた！　ダイ君！　もっと飛ばして！」

ハクちゃんは大慌てでダイ君の背中をペチペチ叩く。

「保護者が居るんだから、心配いらねえだろ」

朱雀は大笑いしてギンちゃんを眺める。

「と、とにかく、高度を落としてギンちゃんを拾わないと！」

「やめたほうが良い。この付近には肉食の大クジラが泳いでる。下手すると食われて失速、そのまま海の藻屑《もくず》だ」

「なら猶更《なおさら》拾わないと！」

「心配いらねえって。ギンは滅茶苦茶強いからな」

朱雀はヘラヘラ笑う。

「待てっつってんだろこのクソガキども！」

一方ギンちゃんは怒りの形相で海面を走る。魔法じゃなく力技という点が凄まじい。

ザザザザ！

と！　いきなりギンちゃんの前方の海水が盛り上がる！

「バオオオオオオ！」

大クジラがギンちゃんを食べるために浮上してきたのだ！

全長一キロメートル、とてつもない大きさだ！　レベルは少なくとも１００以上！　野良《のら》魔王級だ！

「待たんかぁあああ！」

スポ！　ギンちゃんは目の前に現れた大クジラの口に飛び込んでしまった。

ズボン！　そして体を突き抜けて出てきた。

「グオオオオオオオ！」

大クジラは体に大穴が開いてもがき苦しむ。

「意外とうまいな」

ギンちゃんは大クジラの肉をむしゃむしゃ食べている。体を突き抜ける際に、ついでに引きちぎってきたようだ。

「じゃなくて、待たんかこらぁああ！」

ギンちゃんは何事もなく水面を走る。

「ギンちゃん！　恐ろしい子！」

ティアはギンちゃんを称賛する。そのネタどこで知ったの？

「見えてきたぞ」

一方朱雀は前方を指さす。

そこは、一面が血のように真っ赤な山々と大地だった。上空は血のように赤い雲が漂っている。

「このまま魔界まで突っ走ったほうが早い」

朱雀は腰を下ろすと、キセルに火をともす。

「わははははは！　速い速い」

ハクちゃんは未知の大地に大興奮だった。

「待てぇえええええ！」

ギンちゃんは必死にハクちゃんを追いかける。

俺たちはついに、魔界へ足を踏み入れた。


魔界は死の大地だった。

赤い酸性雨に狂ったような暴風、雷は岩を破壊するほど強烈だ。

「これが魔界だ」

洞穴《ほらあな》の傍で、朱雀はため息交じりにキセルの煙を吐き出す。

「見ての通り死の大地だ。早めにダンジョンに入れば命拾いだ」

朱雀の言葉で振り返る。背後には延々とダンジョンが続いていた。

「魔界はいつもこんな天候なのか？」

「いつもじゃない。数年に一度だ。ただし、こうなったら最後、俺たちでも外に出るのは危険だ」

穏やかではない。魔界の片りんを味わった気分だ。

「試しに生成チートで黄金や鉄を投げ入れてみろ」

朱雀は笑わず、じっと地獄にいるかのような雨風を見つめる。

「……何か分かるのか？」

適当に、鉄球を生成し、酸性雨の中に放り込む。

じゅじゅじゅじゅじゅじゅ！　数キロの鉄球は瞬く間に蒸発した！

「この雨！　ただの酸性雨じゃない！」

明らかに化学変化を無視した溶け方だ！　通常なら酸化するだけで、消え去ることはない！

「魔王ゼラの瘴気《しょうき》が生み出す雨だ」

朱雀は深くため息を吐く。

「地底には初代魔王ゼラが未だに眠っている。その余波の雨風が生物を殺す」

「そいつは十万年近く前に死んだんじゃないのか？」

「封印されただけだ。今も元気に地底で封印されている。封印されているのに、これだけの災害を引き起こす」

朱雀はキセルの灰を地面に落とすと、クスクスと笑う。

「帰りたくなったか？」

「馬鹿言うな！　ふざけんなってイラついただけだ！」

腕組みして朱雀を睨む。

「良い男だ！　抱き着きたいが、この雨だ。さっさと魔軍本拠地の魔王城へ案内しよう」

朱雀は黙々と洞窟のダンジョンへ進む。

「そっちから行けるのか？」

「世界中のダンジョンは元々、初代魔王ゼラの目から逃れるために作られた地底都市であり、魔王城を強襲するために広げられた通路でもある」

スケールのデカいことを難なく言ってのける。

「防犯装置は今も作動している。逸《はぐ》れるなよ」

朱雀は何でもないといったように歩き進む。

「分かった。皆も逸れるな」

「はい！」

ダイ君たちが敬礼したので、頷いて歩き進む。

「全く！　この馬鹿娘が！」

「ごめんなさい！　お母さん～！」

ハクちゃんは頭にタンコブを作ってギンちゃんに謝る。

「全く！」

ギンちゃんは頭が痛いと顔を伏せてため息を吐く。

「へ」

ハクちゃんはその隙にウソ泣きをやめる。

ギロ！　ギンちゃんがハクちゃんを睨む。

「痛いよぉお～～ごめんなさい～～」

すぐにウソ泣きを再開した。

「しまらねえ」

がっくりと肩を落としながら、魔軍の総司令部である魔王城へ向かった。


朱雀に続いてダンジョンを歩く。

「ここだ」

するとあっけなく魔王城へ通じる階段にたどり着いた。とはいえ数十キロは歩いたと思う。

「かなり歩いたな」

「魔王城の広さは三十平方キロメートル。周囲は高さ五千メートルの建物が乱立する巨大都市だ」

「なんじゃそりゃ」

「ゼラの趣味だ。ちなみに本棟は高さ十万メートルだ」

「えぇえぇ……」

「あの女は退屈していたからな。機能性とか利便性とか無視して魔王城を巨大都市のように広げた」

「そんな規模、良く作れたな」

「ゼラは最強だ。生成チートはもちろん、空間や時間を操るチートも持ってる」

「マジ？」

「マジ。ヤバいね。よく俺の家族は封印できたな」

「ヤバいだろ」

「だからこそ惚れたんだ！」

朱雀は両手の幅くらいしかない細い階段を上がる。階段の幅は靴の半分、朱雀が不思議な炎で明かりを灯してくれなければ転げ落ちていただろう。

数百段、下手すると千段以上上がっただろう。朱雀は行き止まりに来ると、筋肉が数倍に膨れ上がるくらい、力一杯に天井を押した。すると、ガリガリと石と石の擦れる音が響いた。

地上へ出る。そこは玄関ホールだった。

奇妙な場所だった。ルビーと黒曜石《こくようせき》でも混ぜ合わせたかのような、赤黒い壁と床に天井。広さは体育館かそれ以上に広い。なぜか扉は無く、外の様子が丸見えだ。

外はまるで大都会の高層ビル群のように、赤黒い建物が乱立している。蜘蛛の巣のように連絡通路が建物同士をいくつも繋いで居る。

地面は近代的な雰囲気だ。歩道と車道がある。それらは赤黒い。雷鳴で時折建物が脈打つ血管のように見えるのが気持ち悪い。

窓や入り口に人影が見えた。目を凝らすと、ゴブリンなど色々なモンスターが建物の中に避難していた。どうやら魔王直属の部下たちは、この都市で生活しているようだ。

「魔王城の外に住んでいるモンスターっているのか？」

「居るさ。というより、そっちの方が多い」

「草木一本生えないような大地にも住みやすい所はあるんだ」

「こんな不気味なところに住みたいって思う馬鹿は少ないってことさ」

もっともな自虐に笑ってしまう。

「それって魔王やその部下は馬鹿ってこと？」

「お利口さんなら戦争なんてやらねえだろ」

朱雀のジョークにティアやダイ君たちも苦笑した。

俺は試しに赤黒い床を撫でてみる。宝石のようにツルツルしている。しかし不思議なことに、グッと力を入れると、まるでやすりのようにざらつきが酷くなる。これなら走っても滑らない。

再度振り返り、玄関ホールを見る。奥に続く大通りのような通路しかない。

シャンデリアも何も無い。なのに太陽の下に居るかのように明るい。だからこそ赤黒さが際立つ。

化け物の体内に居るような感覚だ。

「趣味の悪いところだろ」

俺やティアが手で目を擦っていると、朱雀が表情を曇らせる。

「ゼラの趣味か？」

「あいつは血や臓物《ぞうもつ》が好きだった。だからこんな不気味になった」

朱雀が通路へ足を進めたので、皆と一緒に続く。

「喉がイガイガする」

途中でハクちゃんがゴホゴホと咳をして、不快そうに喉を引っ掻く。

「からしの粉でも撒《ま》いているのか？」

ギンちゃんは大きくくしゃみをすると、鼻を抓《つま》んで苦い顔をする。

「ここに来てからずっと嫌な空気だね」

ティアは目を細め、何かを警戒する。ダイ君たちも同じように、剣を抜く。

「ゼラの瘴気だ。レベル30程度の人間やモンスターなら窒息死する」

朱雀は立ち止まると、通路にある背丈と同じくらいの大きさの扉に手をかける。

なんでこんなに大きい通路なのに、そんなに小さな扉があるんだ？

無茶苦茶だ。まるで子供が思いのままに作ったような世界だ。

「少しだけ、ゼラの恐ろしさを見せてやる」

朱雀は扉を開けた。

天上に階段がある。壁に道がある。目の前の通路は渦巻きのように回っている。

「入るなよ。入ったら千年は出てこられない」

朱雀は中に誰も入らないように、足でつっかえ棒を作る。

「この部屋は何だ？」

「無限迷宮。ゼラがお遊びで作った拷問部屋《ごうもんべや》だ。空間や時間がねじ曲がってるし、数秒ごとに不規則に通路が変化する。一歩でも足を踏み入れれば、平衡感覚《へいこう》を失い、視界も歪み、出られなくなる」

「お前はここに入ったことが？」

「人間やゴブリン、ドラゴン、総勢千人と一緒にお遊びで叩き込まれた。出るのに千年かかった」

「よく出られたな」

「俺は不死鳥で不老不死だったからな。根性もあった。他の奴は、飢《う》えや渇《かわ》き、絶望、老化で死んだ」

ガチャリと扉を閉めて、笑う。

「ちなみに、千年かけて脱出したのに、現実だと数秒も経って居なかった」

「凄まじいな」

「脱出した後、ゼラはもう少し難しくするべきだったかと笑った。笑った後、俺の体を粉砕した」

朱雀は腰に手を当てて深呼吸する。

「魔王城の本棟には、これ以外にもマグマで満ちる部屋や深海へ通じる部屋、真空状態の通路がある。注意して進め」

「こんなところでよく生活してるな」

「慣れるとやっぱり便利なんだ。危険地帯は覚えていれば避けられるし、何より部屋がある」

「寝床が欲しいってこと？」

「各部屋の内装はゼラの悪趣味だが、無限に真水が湧き出る水差しや、永遠に柔らかいベッドがある。それに慣れると、魔界の硬い土の上じゃ寝られねえ」

「確かに、俺だって外で寝ようとは思えなくなる」

「ただし危険地帯は一日ごとに変化する。規則性を覚えるまで絶対に逸れるな」

「やっぱり外で寝る」

「規則性さえ覚えれば大丈夫だ」

地獄のような場所なのに顔色一つ変えずに笑う。

「一つ一つが致死性の危険地帯。不老不死のお前だから覚えられた」

苦しみ抜いた末の自信だろう。

「何億回とゼラに殺されたからだ」

朱雀から離れないように皆と肩を抱き合って進む。

「ここが大会議室だ」

朱雀は高さ五十メートルはある巨大な扉の前で止まった。

「なんでこんなにデカいんだ？」

「ゼラが言うには、カッコいいからだってさ。もっともすぐに使わなくなったがな」

「ゼラって奴は本当に無計画だな」

「あいつに作戦会議なんて必要ねえのにな。一人で世界を滅ぼせる力を持ってんだから」

朱雀はギリギリと扉を押す。鉛で出来ているのか、ゴゴゴゴゴゴ！　と重厚な音が鳴った。

「降参します」

入ると誰かが降参した。

いや、誰だよ。そして何でだよ。

部屋を見渡すと、奇怪な生き物が倒れていた。

「マリアは何してんだ」

朱雀が床に寝っ転がる女の子ゾンビに声をかける。

「私は今、死体の振りをしてるから話しかけないで」

「ゾンビが死体の振りって意味あるのか」

続いて朱雀はテーブルの下でとぐろを巻く女蛇に声をかける。

「メデューサは何してんだ」

「私は今、冬眠中よ。話しかけないで」

「冬眠中って起きてるじゃねえか」

朱雀は首を振ってため息を吐く。

俺は一言言う。

「こいつら何してんの？」

中央テーブルに座る奇怪な生き物たちは目を瞑って死んだ振りをしている。

周囲を取り囲むように並ぶ座席に座る生き物も、ピクリとも動かない。

部屋の隅や壁には、生き物がおしくらまんじゅうのように隠れている。

仁王立ちの状態で気絶している巨大オークも居る。

「降参します」

そして玉座っぽい椅子の後ろの陰で、誰かが白旗を振っていた。

「朱雀……どうして勇者を？」

足元にある俺の影が突然喋る！

「闇討ちなんてやめとけ」

「力の差を見極めるくらいできるわ」

影が見る見ると盛り上がり、そこから美しい女性が現れる。

「俺の影に潜んでいたのか」

「隠れていたのです」

女性は男装した貴族の様だった。彼女は慇懃《いんぎん》に跪く。

「私たちでは勝てません。だからこそ、降伏します。そして私の命を差し出すので、どうか仲間たちの命はお助けください」

この人は何を言っているんだ？

「カーミラ。ケイブル。喜べ！　新庄一馬《かずま》の弟、新庄麗夜の登場だ！」

「新庄！」

カーミラさんが突然顔を上げる。玉座っぽい椅子の陰に隠れていた生き物も、飛び出してくると声をかける間もなく、目前に立った。

「クンクンクンクンクンクン」

「ふんふんふんふんふん」

二人とも俺に鼻を近づけると、セクハラかと思うくらいに匂いを嗅ぐ。

「間違いない！　新庄一馬様の血縁だ！」

「父様の明様《あきら》と母様の幹子様《みきこ》の匂いもするわ！」

二人は目をパッチリ見開きながら、隅々を観察するように俺の周りを歩いた。

「新庄だと」

「懐かしい響きだ」

何匹かの生き物が死んだ振りをやめて、こっちを見る。

「新庄麗夜を魔王を統《す》べる魔神と定める。異論はないな」

朱雀は横で何を言ってるの？

「それはめでたい！」

「これで魔界は一つになるわ！」

お二人さんはなぜ喜んでるの？

「魔神様だ」

「十万年の時を経て々の前に！」

古参《こさん》？　の魔王たちは興奮気味に立ち上がる。

「魔神？」

死んだ振りをしていた魔王たちが騒ぎに気づいて起き上がる。

「魔神って何？」

女の子ゾンビ（マリアだったっけ）が朱雀の脇腹を突《つつ》く。

「魔神ってのはこの世界で一番偉い奴だ」

「私たちよりも？」

「ゼラを倒し、魔王を統べた勇者の弟だぞ」

「なるほど。確かに偉い」

マリアはうんうんと納得する。肌が青白いこと以外は普通の女の子だ。

「どのみち私たちだと勝てそうにないし、従うしかないんじゃないかしら」

女蛇（メデューサだったっけ）が体を起こす。

「強い者が正義」

「我々の掟《おきて》に従おう」

魔王たちは全員起き上がると、静かに跪いた。朱雀まで跪いた。

「魔神麗夜。魔軍一同、あなたに忠誠を誓います」

朱雀は普段とは比べられないほど礼儀正しく首《こうべ》を垂れる。

「……？」

俺は首を捻るばかりだ。

「皆は麗夜好き？」

様子を見ていたティアが背中からひょっこりと顔を出す。

「大好きさ！　嫌いな奴なんて居ない！」

「良い奴！　ティアも麗夜大好き！」

ティアは朱雀の言葉に納得した。

「麗夜カッコいい！」

ハクちゃんは空気に流されたのかパチパチ拍手している。

「まぁ、当然じゃな」

ギンちゃんはなぜか自慢げだった。

「こうしてみるとこいつらも良い奴だったな」

「偉そうだったから気に入らなかったけど、見直したわ」

ダイ君やキイちゃんは魔王たちを見直していた。

「俺以外ツッコミ役が居ないんだけど」

俺は戸惑っていた。

■

急展開が色々あったが、とにかく平和的に魔軍の大将になることができた。それは喜ぼう。

仕事は終わった。今日は疲れたし、ぐっすり眠ろう。そう思って朱雀に一番いい部屋はどこか聞いて見た。

「一番いい部屋って言ったら最上階のゼラの寝室だろうな」

「二番目に良い部屋はどこ？」

「最上階だ。なぜかゼラは寝室を二つ、最上階に作った」

「なら行ってみよう」

そういうことで朱雀、ティア、ギンちゃん、ハクちゃんを連れて最上階へ向かったが、その前に気になったことがあった。

「ここってそう言えば何階建て？」

「正確に数えたことはねえが、一万階くらいあるんじゃねえか？」

「じゃあ上るだけで丸一日はかかるんじゃないか！」

「最上階へ直通のワープゾーンがある」

朱雀は一階の通路の奥にある小部屋へ案内してくれた。

「ここから直通だ」

「行ってみよう」

中に入り、扉を閉めるとクラッと軽い眩暈《めまい》がする。それが収まると朱雀が扉を開けた。

「ここだ」

扉の先は、まるで高級ホテルの廊下の様だった。

大理石の床や壁。天井にはシャンデリア。なぜかゴッホのひまわりなど名画が飾られている。

赤いカーペットがしっかりと敷いてある。大きめの窓があり、そこから雄大な魔界が見渡せる。

今は嵐なので、下に真っ赤な雲がゴロゴロと唸っていた。

「凄い！」

ティアがキョロキョロと顔を動かす。

「今までのところとは比べ物にならん」

ギンちゃんはカーペットを撫でる。埃一つない。

「高い高い！」

ハクちゃんは窓におでこをくっつけて、風景に見入る。

「今までとは打って変わってオシャレなところだ」

二つ扉が並んでいた。上質な木製の扉で、ドアノブは黄金でできている。

試しに一つ、扉を開ける。

そこには巨大で綺麗なベッドがあり、壁紙もおしゃれなピンク色。化粧台やクローゼットがある。

ただ不思議なことに冷蔵庫や電子レンジ、テレビ、コンセントまである。部屋に似合うようにデザインされているが、この世界では明らかに異質だ。

「あれは何だ？」

一番目立ったのはベッドの正面にある二つの巨大な肖像画だ。

一つは生え際が白髪の中年男性だ。髪はふさふさだが、歳を感じさせる。顔のしわも深い。どこか偏屈《へんくつ》な感じがする。口元がへの字だからか？

もう一つは同じく生え際が白髪の中年女性だ。髪の長さは肩くらい。目元や頬が少したるんでいるため、歳を感じる。どこか柔らかい雰囲気がする。口元と目が笑っているからだろうか？

二人は日本人に見える。男性は作業服のような物を着ていて、女性はパジャマのような物を着ている。

「お前のお父さんとお母さんだ」

朱雀がしんみりした声で肖像画を見つめる。

「これが俺の両親！」

全く記憶にない。幼いころに離ればなれになったから当然だが。

「なぜこんなものが飾ってある？」

「ゼフが作らせたみたいだが……俺にも分からねえ」

不思議に思いつつも隣の部屋を見る。

隣の部屋はさらに豪華だった。

ベッドには天蓋がある。白い壁に赤いカーペット。やはり化粧台にクローゼット。

この部屋にもテレビや冷蔵庫、電子レンジ、コンセントがある。それどころかスマホやデスクトップパソコンまである。

「これは誰だ」

不思議な部屋だった。その中でも強い存在感を放つのは二つの肖像画だ。

一つは青年だ。髪型はスポーツ刈りに刈り上げている。

大きく口を開けて笑っているから豪快なスポーツマンのような雰囲気だ。なぜか学ランを着ている。

「お前の兄貴、新庄一馬だ」

朱雀は懐かしそうに目を細めると、指で肖像画の頬の部分を撫でる。

「これが俺の兄貴……」

記憶にはない。だが確かに、どこか俺に似ている。

「隣の女性は誰だ？」

兄貴の横に飾ってある女性の肖像画を指さす。

「ゼラだ」

朱雀は険しい顔で言った。

美しき漆黒の髪に漆黒《しっこく》の瞳。血のように赤い唇。整った顔立ちに均整の取れた体。

何より冷酷な微笑が恐ろしい。

初代魔王ゼラは、氷の彫刻のように美しい女性だった。

ただ服装が変だった。真っ赤なセーラー服に見える。

「ゼラはいつもこんな変な服着てたの？」

「いつもは全裸だった。だが、ある時を境にこんなヘンテコな服を着るようになった」

朱雀も理由は分からないみたいだった。

「二人とも指輪してる」

ティアが肖像画の左手を指さす。

確かに二人は銀色の質素な指輪をしていた。

「こ奴らは夫婦か？」

ギンちゃんが朱雀に聞く。朱雀は鼻で笑う。

「一馬とゼラは一緒に暮らしたことなんてない。結婚の約束なんてもっての外だ」

「しかしこの絵は夫婦に見えるぞ」

「ゼラの気まぐれか？　その時はもう俺はゼラの元を去っていたから、良く分からねえ」

朱雀は不愉快そうにしかめっ面になってゼラの肖像画を睨む。

「まあいい、俺とティアはここで寝よう。ギンちゃんとハクちゃんは隣の部屋で寝よう」

「ちょっと待て！」

朱雀は真っ青になった。

「ここはゼラの寝室だぞ！」

「良いじゃん別に」

「呪われるぞ！」

「そんなバカな」

笑っていると、部屋を見渡していたティアが頷く。

「ここは良い部屋。ここで麗夜と寝る」

朱雀は困惑する。しかしギンちゃんもハクちゃんも俺たちに賛成だった。

「ここならいい」

「ベッドに寝てみたい！」

ギンちゃんとハクちゃんは隣の部屋に行ってしまった。

「知らねえからな」

朱雀は不貞腐れてしまった。


ティアたちと夕食を食べて、風呂に入ったらすぐにベッドに入る。

「ふかふか……」

ティアは気持ちよすぎてすぐに寝てしまった。俺もティアにつられて瞼《まぶた》を閉じた。

『……や』

「誰か呼んだか」

誰かに呼ばれたような気がしたため体を起こす。

「すう……すう……」

ティアは熟睡している。部屋の中は俺たち以外誰も居ない。

『れいや……』

ハッキリと声が聞こえた！

「誰だ？」

声は聞いたことも無いほど艶《つや》やかだった。背筋がゾクリとするほど冷たく、美しい。

『こっちだ……』

声に誘われるようにベッドから出る。

「……まさか……この肖像画が喋っているのか？」

確かに肖像画が喋った。肖像画の目が俺を見ていた！

『こっちへ来い』

声は先ほどよりも大きく、はっきりとしている。

「お前は……初代魔王ゼラか？」

誘われるように肖像画に触る……。

ガシ！　肖像画の腕に腕を掴まれた！

『会いたかったぞ！』

肖像画は口が裂けるほど笑う！　視界が歪む！

「なんだこれは！」

一瞬にして視点が滅茶苦茶になった……。

……目を覚ますと、洞窟の中に居た。

「ここはどこだ？」

突然の事態に混乱する。

「麗夜……こっちへ来い」

先ほどの声が俺を呼んでいる。

「何だってんだよ」

行く当てもないため、仕方なく奥へ進む。洞窟は奥へ行くほど寒くなる。

ザクザク……地面と壁は霜《しも》で覆われている。一歩進むごとに、霜が砕けて耳障りな音がする。

「尋常じゃないほど寒いな」

吐く息が一瞬で凍結する。天井から下がる氷柱《つらら》は剣のように鋭い。下手すると絶対零度の気温だ。

寒すぎるので魔法で炎を作り出す。炎が一瞬で凍り付いた。

「まるで神話のコキュートスだ」

減らず口を叩いている間に、開けた場所にたどり着いた。

「待っていたぞ……新庄麗夜」

そこには、絶対零度の氷に閉じ込められた、初代魔王ゼラが居た！

「魔王ゼラ！」

魔王ゼラはなぜか全裸で氷漬けになっていた。

普通の男子高校生なら生唾物だが、ゼラが相手となると、そうもいかない。

何せ、胃がねじ切れそうなほどのプレッシャーを感じるのだ。

しかも周りの気温は絶対零度。頭が冷えて仕方ない。

「なぜ俺を呼んだ？」

気合負けしない様に睨む。相手が氷漬けなら、怯むわけにはいかない。

「その前に、顔を良く見せてくれ」

魔王ゼラは氷漬けのくせに高圧的だ。鼻持ちならない。

「見せれば帰してくれるのか？」

氷漬けになったゼラの前に行く。声は高圧的だが敵意は感じない。

「おお……私を封印した一馬と同じ顔だ……いや、お前のほうが良い男だな」

スルリとゼラの体が氷を通り抜ける！

「お前！　出られるのか！」

攻撃されると思ったので身構える！

「精神体だ。この状態では何もできない」

ゼラは美しい裸体を隠すこともせず、むしろ見せつけるかのように笑う。

「なぜ俺を呼んだ？」

「お前の家族に封印されたからだ」

ゼラはうっとりと体を震わせる。

「素晴らしい家族だった……特に新庄一馬は、私が初めて恋をした男だ……」

ゼラは熱っぽい瞳を向ける。

「お前の兄に心を奪われた。その隙に世界中の生物に反乱されてしまった……お前の兄を殺そうと思ったが、恋していたので迷ってしまった……躊躇している間に、お前の家族に永久凍土の封印をされてしまった……」

ザラの冷たい手が頬を撫でる。動けない！

「俺の家族を殺したのか！」

両親と兄は俺が幼いころに姿を消してしまった。結果、俺は親せきに預けられ、他人に言いたくない人生を歩むことになった！

「お前の両親は確かに私が殺した。封印される直前、苦し紛れに死の呪いをかけてしまったのが原因だ……」

ゼラは寂しそうに顔を背《そむ》ける。

「封印された結果、私は呪いを解除することが出来なかった。それが原因で、お前の家族は衰弱死した……すまないと思っている」

ゼラは普通の女性のように頭を下げる。

「……ち！」

まさか家族の敵《かたき》に頭を下げられるとは思わなかった。

「それで、何の用だ？　謝罪するだけなら、そろそろ返してくれ」

敵討ちをしようにも、封印されているなら何もできないし、何となく、する気にならなかった。

「私と結婚して欲しい」

「何言ってんのお前？」

睨む。するとゼラは乙女《おとめ》のように顔を赤くする。なんで？

「その……お前は兄とそっくりだ。目元が特に。いや、兄よりも私の好みにぴったりだ。だから、突然で申し訳ないが、結婚して欲しい」

どうしようこの展開？

「俺にはティアが居る。諦めてくれ」

「私はこう見えてとても尽くすタイプだ！　結婚すれば分かる！　ティアよりも素晴らしい女だと分かる！」

本当にどうしようこの展開？

「諦めてくれ」

頭が痛いぜ……

「お前を二代目魔王と認める！　私はもう何もしない！　お前の傍に居られればいい！　だから悲しいことを言わないでくれ！」

「突然の告白を簡単に受ける訳ないだろ。増《ま》してや最強最悪の魔王からだ」

ため息しか出ない……。

「……そうだな。私はお前がこの世界に来る前から知っている。しかし、お前にとっては初対面だ」

ゼラは微笑むと、静かに唇を合わせてくる……。

キスされた！

「お、お前！　何を！」

「愛の証に、私の力を分け与えた」

ゼラの体が薄くなっていく。同時に意識が遠くなる……。

「私はお前が好きだ。愛している。だから、また会おう」


目を覚ますと、ゼラの寝室のベッドに寝ていた。

「夢か？」

肖像画に目を移す。ただの絵だ。動きだしたりしない。

「全く、奇妙だね」

窓の外に耳を澄ます。

ゴオオオオオオオオオオオオ！　ゴロゴロゴロゴロゴロ！

下から嵐の音が聞こえる。まだまだ天気は最悪だ。

「晴れて欲しいもんだな……」

ゴオオオォ……………。

シーン……。

突然嵐の音がやむ。

「……何だと……」

窓から下を見下ろすと、雲が綺麗さっぱり無くなっていた！

「あれほどの嵐が一晩で消える訳がない」

そこでふと、ゼラの肖像画を見る。

「愛しているぞ……」

ゼラの肖像画が微笑んだ気がした。

第八章　ゼラの力

俺は今、魔王城の危険地帯の一つ、圧殺の通路の前に居る。

ここはブラックホールのように超重力であり、入ったら最後、人の体はもちろん鉄もペチャンコになる。

「解除」

そう言ってから水風船を投げ込む。

ぽよんぽよんと、水風船は何事もなく転がった。

「トラップが解除されている」

朱雀含め、カーミラやケイブルも目を見開く。

「この魔王城は麗夜様を主と認めたようだ」

ケイブルは感心したように、畏怖《いふ》するように巨体を震わせる。見た目は怖いのにリスみたいだぞ。

「これで部下たちもここに住める」

カーミラは放心したようにペタペタと壁を触る。罠が発動しないことが今でも信じられないようだ。

「おお〜〜」

「さすが魔神様」

マリアやメデューサは目を点にして拍手する。

「やはり麗夜は強い」

ティアは腕組みしながら自慢していた。

「なぜこうなったんだ……」

朱雀はキセルに火を点けると、スパーと吸って考える。

「俺と麗夜の愛の力か」

「混乱してるな。頭冷やせ」

水魔法で冷水を頭からぶっかけてやった。

とにもかくにも、魔王城はとても住みやすくなった。天候も安定して良いこと尽《ず》くめだ。

しかし問題は山ほどある。

「和平なんて言ってる場合じゃないな」

最上階の寝室を小会議室にして、ティアとギンちゃん、ハクちゃん、朱雀を合わせた五人で魔軍の問題点を洗い出す。すると問題の根深さに頭が痛くなり、思わず額を押さえた。

「ごはん足りないね」

「お水も無いね」

ティアはムムッと腕組みをする。ハクちゃんは難しい問題に直面して唇を尖らせながら机に顎をくっつける。

「共食いしたり、人間を食いたくなる気持ちも分かる」

ギンちゃんは魔界の現状を認識して、同情を露わにする。

「ゼラの瘴気で空気も土壌も汚染されてる。雑草すら生えてねえ世界だ」

朱雀はキセルを吸うと、煙を吐き出し、煙で城と王様、王妃様、お姫様を作り出す。

「凄い！」

退屈だったハクちゃんは突然生まれた不可思議な現象に目を奪われる。

「煙芸だ」

朱雀がちょちょっと煙の人形をかき回すと、今度は煙で出来た戦場が現れる。

「惚れただろ」

朱雀がウインクしたので苦笑する。少しばかり落ち着いた。

「今まで魔界に住んでいた奴らは何を食べていたんだ」

「魔王は不老不死だから絶食だ。部下は共食いだったり、他の種族を食ったり。人間と戦争するようになってから人間や人間の領地の食いものも食った」

「その状態で良く絶滅しなかったな」

「ここに居る魔王が定期的に子供を作った。だから絶滅しなかった」

「魔王が！」

「蛇の魔王、メデューサがいい例だ。あいつは繁殖期になったら手あたり次第交尾して卵を産む」

「わーお！」

「でも八割くらいはメデューサが食っちまう！」

「よし！　この話はやめよう！」

魔界は本当に過酷な世界だ。生き物が住めるような土地ではない。

「食料問題を解決しないと和平なんて言ってる場合じゃないな」

頭が痛いとしか言えない。

「やっぱりティアと麗夜がごはん作るしかないのかな」

ティアは嫌になったのか、書類を置くと両手で目を擦った。

「魔王たちだけならそれで良いんだけど……」

魔王の部下にもごはんを食べさせないといけない。それがネックだ。

俺とティアは二人合わせて、一時間で約十万人分の食料が作れる。普通なら十分《じゅうぶん》だ。

「魔王の部下たちは一人当たりどれくらい食べるんだ」

朱雀に質問してみる。

「満腹になるまで食うな」

「なら共食いしなくていいって条件で」

「種族によって違うから確実なことは言えねえが……人間が食べる量でいえば、一人当たり一日百食もあれば大丈夫だろ」

「そんなに食べるのか！」

「平均すればって感じだ。ダイたちはもっと食べただろ。それに比べたらマシだと思うぜ」

「確かにそうだけど……」

魔軍の数は百万を超える。俺とティアだけじゃ賄《まかな》いきれない。

「この間にも共食いしちゃってるんだろうなぁ……」

戦争を止めると伝えたら、全員文句の一つも言わずに従った。魔界では強い者に従うのが礼儀だから。

だからこそ、俺は魔軍の胃袋を満たさないといけない。

「あと……皆には服を着て欲しい」

全然関係ないが重要なことを思い出したのでため息が出る。

「突然どうしたの？」

ティアが眠そうな目で首を傾げる。

「ケイブルとか明らかに人間と違う姿の奴は良いんだ。でも上半身が女性のメデューサや女の子ゾンビのマリアには服を着て欲しい」

魔界は大変だから衣服に気を配る暇も無いのだろう。全員全裸だ。胸も股間も丸出しだ。唯一の例外は朱雀とカーミラだが、それ以外の魔王はまっ裸だ。

「乳房や一物《いちもつ》をブラブラさせて欲しくないんだよなぁ」

凄く困る。でも強くは言えない。まずは飯を食わせないと。

「ティアたちも裸になれば大丈夫？」

ティアはウトウトしながら呟く。

「皆疲れてるね。今日はもうやめよう」

ティアもハクちゃんもギンちゃんもどうしようもない問題でお疲れだ。

「そんなに考え込むな」

朱雀は席を立つと、俺の頭を撫でる。

「死んだら死んだ。それは仕方ねえ。それが魔界の真実だ」

「そんな真実くそくらえだね」

結局その日は何の進展もないまま眠ることになった。


夜、寝室の机に蝋燭《ろうそく》を灯して、どうするべきか考える。

「んん……」

ベッドでティアが寝ているので独り言は押し殺す。しかしそうするとなぜか苛立ちが強まる。

「目先のことでもやらないと」

根本的な解決にならないがやはり生成チートで食料を作るべきだ。そうしないと飢えが広まるばかり。

「亜人の国に助けを求めるか？」

それでも根本的な解決方法が思い当たらないためイライラしてしまう。

ラルク王子に泣きついて食料を分けてもらう。

無理な話だ。魔軍と亜人の国は敵対している。

それに万を超える食料を毎日分けてもらうことなどできない。そんなことしたら亜人の国が亡《ほろ》ぶ。

「どうしよっかなぁ」

考え疲れた。夜も遅い。そろそろ瞼《まぶた》が重くなってきた……。

『悩んでいるな』

ゼラの声が聞こえたのでガバリと起きる！

ゼラの肖像画がこっちを見ていた。

「お前の瘴気で大変だよ」

ゼラの肖像画に体を向けて憎まれ口の一つも叩く。

「私の瘴気が？」

「お前の瘴気で嵐が出る。植物が育たない。どうしたら良いんだろ？」

「麗夜は私の瘴気を操れるから問題ないだろう」

「何ですと？」

解決策が聞けそうだったので目が覚める。

「私の瘴気は超純度の魔素を超圧縮した結晶だ。麗夜はそれを操れる」

「魔素を操れる？　それが食料と関係あるのか？」

「魔素はエネルギーの一つだ。それを操れるということは自然を操るのと同じこと」

スケールがデカい。デカすぎる。さすが朱雀すらも恐れた魔王だ。

「試しに土壌に命令してみろ。すぐに栄養たっぷりの肥料に変わる」

「そんなバカな」

ゼラは口元に指を当てて小さく微笑む。

「私はお前が大好きだ。愛していると言っても良い。思い人に嘘を吐くほど、私は冷酷ではないよ」

ゼラの声が聞こえなくなると同時に、体がびくりとした。

「麗夜、風邪引くよ」

ティアが後ろから背中を揺すっていた。

「……夢か」

どうやら俺は机でうたた寝していたようだ。

「大丈夫？」

ティアはさすさすと俺の腕を両手で摩る。

「大丈夫だ」

これ以上ティアに心配を掛けたくなかったので、眠ることにした。

「やってみる価値はあるか」

眠る前に、夢の中でゼラの言ったことを思い出す。

溺れる者は藁《わら》をもつかむ。たとえ相手が恐ろしいゼラであっても、皆が助かるなら縋《すが》ってやる。

そう決意して眠りに就いた。とてもよく眠れた。

翌朝。

早速、ティアとハクちゃんとギンちゃんと朱雀と一緒に魔王城の外に出てみる。

「赤黒い砂漠だ」

魔王城の周辺は戦の過ぎ去った砂漠に見えた。

砂は血を吸ったかのようにどす黒い。触るとベタベタと指に張り付く。それはチリチリと肌を溶かす。

試しに適当な大きさの木材を作り出し、砂の上に置いてみる。

じゅじゅじゅじゅ……。木材から煙が立ち昇る。

ボ！　火が点いた！

「凄い汚染具合だ」

砂を洗う、砂を取り換える。汚染の除去方法は色々あるだろう。

しかし、どんな手段を使っても、この死の大地を元通りにするには数百年はかかる。

「気持ちいい……」

一方ハクちゃんは太陽の光を全身に浴びて、耳をぴくぴくさせる。

「土も空気も嫌な臭いがしないの」

ギンちゃんは目を閉じて空気を味わう。

「何だか優しい感じ……」

ティアはホカホカ気分なのかゆったりと左右に体を揺らす。

「いったいどうなってんだ……」

朱雀はしかめっ面で顔を行ったり来たりさせた。

「なんで戸惑ってるんだ」

「風も空気も穏やかだ」

朱雀は空の太陽に目を凝《こ》らす。

「おまけに雲一つない」

「珍しいのか」

朱雀は落ち着かないのかボリボリと頭を掻く。

「いつもは目も開けられないくらい風が吹いてるし、赤黒い雲もかかってるんだが……快晴なんて初めて見た」

声が震えている。天変地異の前触れかと恐れているようだ。

「住みやすいなら良いでしょ」

ゴホンと咳払いする。

「本当にやるのか？」

朱雀は珍しく怪訝な表情をする。

「確かに魔王城はお前の支配下になった。でも同じことが魔界に通用するとは思えねえ」

「試してみる価値はあるだろ」

俺自身、半信半疑だ。しかし、ゼラの言う通り、死の大地を蘇らせることができたら？　その効果は計り知れない。

ダメもとでやってみる価値はある。ダメだったら狐に化かされたと思おう。

「豊潤《ほうじゅん》な大地になれ」

命じると目も開けられないほどの突風が吹いた！

「なんじゃ！」

ギンちゃんは両手で顔を隠し、風をよける。

「うわ！」

ハクちゃんは蹲《うずくま》って風に耐える。

「うにゅ！」

ティアは俺を守るためか、両手で目隠ししてくれた。自分でやるって。

「……嘘だろ」

朱雀の緊迫した声が聞こえた。

「わぁあああ！」

「凄い凄い！」

「なんということじゃ」

ティアとハクちゃんとギンちゃんの歓声。

ティアの手を解き、何が起きたのか確かめる。

赤黒い砂漠は、草木の生い茂る森へ変貌していた。

「嘘だろ……」

硬直する首をぎぎっと動かす。

右手にはアマゾン川のように幅広の川があった。左手と後方には草原が魔王城まで広がっている。

正面は大木が無数に並ぶ森がある。

死の大地はゼラの言う通り、一瞬で蘇った。

「……まあいいか！」

朱雀は考えることを放棄した。

「そうだね」

俺も考えることを放棄した。

問題解決したからめでたしめでたし！

「畑を作らないと」

ふんす、ふんすとティアは両手を忙しなく動かす。やる気満々だ。

「その前に畑の作り方を勉強しないと」

畑の耕し方、肥料の作り方。勉強することはいくらでもある。

めこめこめこ！　そう考えて居たら周りが畑になった……。

「おお！　畑！」

ティアはしゃがみ込むと土をパンパンと叩く。

「柔らかい！」

びっくりしてる。俺もびっくりしてる。

「魔界とは奇妙な所じゃの」

ギンちゃんは慌てず騒がず、目の前の光景を受け入れる。

「良い匂いがする！」

ハクちゃんは土をこねて土遊びを始める。

「俺はもう寝る」

朱雀は現実を受け入れることを拒否して魔王城へ飛び去った。

「……落ち着け、焦るんじゃない」

俺は今慌てている。だが落ち着け、素数を数えて落ち着くんだ。

素数が一匹、素数が二匹、素数が三匹……よし、正気に戻った！

「種まきしよう！」

気持ちを切り替えよう！　なったもんは仕方がない！

「種まき！　何育てる？」

ティアはワクワクといった感じに前のめりになる。

「お肉育てよ！」

野菜嫌いのハクちゃんは、ニンジンという単語が出る前に手を上げる。

「まずはニンジンじゃ」

ギンちゃんはそんなハクちゃんをギロッと睨んだ。

「リンゴでも育てよっか」

果物ならハクちゃんも大好きだ。喜んで手伝ってくれるはず。

「リンゴ！」

予想通り大喜びだ。

「ティアはバナナを食べてみたい」

「私は桃が良い」

皆、食べてみたい果物の名前を挙げる。

「とにかく試しに種まきしよう」

生成チートで果物の種を作り、皆に渡す。

「果物の育て方って分かる？」

ティアが種を受け取ると首を傾げる。

「物は試しだ。失敗覚悟で種を植えよう」

「分かった！」

ティアたちは適当に種をまき始める。

「よくよく考えたら、この世界にはチートなんて代物があるんだ。だったら慌てる必要も無い」

魔法があり魔王が居る世界だ。不可思議なことが起きてもおかしくない。

ポンポンとリンゴの種を植えて、水をやる。

「大きくなって皆のお腹をいっぱいにさせてくれよ」

植物は声をかけると良く育つと聞いた。本当かどうか分からないが、とりあえず言ってみる。

「分かりました。皆さんのお腹をいっぱいにします」

誰かが返事したぞ。誰だ？　誰なんだ？

「……もしかして君が喋った？」

リンゴの種を植えた場所を見つめる。

「私です」

めこっと子供くらいの大きさのリンゴがはい出てきた。リンゴなのに小さい手足が生えている。

まるで不思議の国のアリスのトランプ兵だ。

「リンゴって喋るんだっけ？」

俺の常識は非常識だったのか？　頭がついていかない。

「さぁ？　少なくとも私は喋れますけど」

リンゴちゃんは体を傾けた。

「おっきいリンゴ！」

ハクちゃんが遠くからすっ飛んできた。

「食いでのあるリンゴじゃ！」

ギンちゃんも目を見開いてやってきた。

「おお！　美味しそう」

ティアは涎を垂らしながらこっちに来た。

「お腹空きました？」

リンゴちゃんは体を左右に揺すって、ティアに質問する。

「お腹空いた！　リンゴ食べたい！」

ティアは今にもリンゴちゃんに襲い掛かりそうだ。確かにうまそうな匂いがしてるけど、やめなさい。

「分かりました」

リンゴちゃんは頷くと、体中からリンゴをゴロゴロと生み出す。

「おお！」

ティアは一つ手に取ると、しゃくりとかじった。

「甘くて美味しい！」

しゃくしゃくと果汁たっぷりのリンゴを食べて行く。

「美味しい」

「良いリンゴじゃ」

ハクちゃんとギンちゃんは平然とリンゴを食べる。

「ツッコミ役が居ない」

そんなことを言うと魔王城から朱雀が走ってきた。

「何の用だ」

目の前で顔を赤くしてぜいぜいと荒い呼吸を繰り返す朱雀に問う。

「つ！　ツッコミ役が欲しいんだろ！　バッチリ聞こえたぜ！」

「これ以上事態をややこしくするんじゃねえよ！」

踵落《かかと》としをぶち込んでやった。


ちなみに植えた果物はリンゴちゃんと同じく片っ端から喋った。

どうも豊潤な魔素と俺に話しかけられたことで知性に目覚めたらしい。

だから魔王になった。

果物魔王、野菜魔王の誕生だ！

「この超展開はなんだ」

まるで意味が分からない。でも魔王になっちまったんだから仕方がない。

「……食糧問題は解決したから良いか」

一つだけ確かなのは、果物魔王や野菜魔王が誕生したおかげで食料問題が解決したことだ。

彼らは分裂するように仲間を増やすことができる。そして無限に食料を生み出せる。

なら問題ない。理解できなくても問題ない！　すべては順調だ！

第九章　再び亜人の国へ

魔界は本来は過酷な大地だ。

超強酸性の酸性雨。大地の砂は肉や骨も燃やす猛毒。いつも分厚い雲が赤黒く空を染め上げる。

数十年に一度、晴れになることもあるが、その時は灼熱《しゃくねつ》地獄となり、肉を焼く。

身を裂くような風がいつも吹いている。

ところが今、魔界は緑に包まれていた。

雨水は真水のように清らかで、大地は広大な草原と森になった。

空は晴れ、時々曇るが、その雲は真っ白だ。風はそよそよと吹いている。

新庄麗夜がゼラから授かった力で魔界を蘇らせた。

モンスターは喜んだ。血しか飲み物が無かったのに、今は水たまりや泉、川がある。そこに顔を突っ込めば、たちまち渇きは吹き飛ぶ。

腹が減っても問題ない。新庄麗夜が生み出した不思議な野菜や果物がそこらを歩いている。

彼らに頼めば、喜んでリンゴやナシ、桃、ニンジン、ジャガイモ、米、小麦をくれる。

川や泉に飛び込めば魚もたくさん食べられる。また、どこからやってきたのか、熊のように大きなネズミや大蛇のようなムカデ、人くらいの大きさをした虫も居る。

野良の小動物が森の中で育ち、巨大化したのだ。それらはモンスターにとって最高のご馳走だ。

魔界は三日と経たず楽園となった。もはや飢えと渇きに震える必要は無い。

しかしそんな楽園にも一つだけ、地獄があった。

そこは標高二万メートルの雪山だ。

一たび足を踏み入れれば、まつ毛も凍る寒さだ。さらに登ると、今度は心臓が凍えるほどの吹雪と出会う。雪と氷の世界は何者も寄せ付けない。

それでも足を進めると、頂上に氷と雪の洞窟がある。

そこから噴き出る風は絶対零度を下回るほど冷たい。

勇気をもって洞窟に入ると、びっしりと敷き詰められた氷柱に迎えられた。寒さは激しくなる一方だ。

奥へ奥へ進むと当然急な坂になる。地獄の底に続いているかのように。

急坂を下りに下ると、魔界の地下深くに到着する。

常識を超えた寒さ。氷の地獄である。

そこは並みの魔王なら一瞬で凍り付くほどの世界だ。防寒魔法を幾重にもかけないと動けない。

数千レベルといった高レベルなら無理やりでも歩くことはできるだろうが、関節がパキパキと不愉快に鳴る。

そんな恐ろしい世界の中心に一人、氷漬けにされた美しく恐ろしい女が居た。

彼女の名はゼラ。十万年前に世界を恐怖で包んだ女である。

『麗夜……』

ゼラは氷の中で新庄麗夜を待っていた。

『会いたい……』

彼女は一人ぼっちで、身動き一つできない状態で、麗夜への思いを焦がしていた。

『私は役に立っただろう？　なら会いに来てくれても良いじゃないか』

彼女は拗《す》ねていた。せっかく力を渡したのに、麗夜は挨拶の一つもしに来ない。

『やはり私が憎いのか？　なら謝る。だから来てくれ』

彼女は氷の中で泣いていた。

もしかすると忘れ去られてしまったのだろうか？　自分は麗夜にとって、それくらいの価値しかなかったのだろうか？　考え出すと心臓が止まりそうだ。

『ダメだ！　ダメだ！　もう我慢できない！』

ついにゼラは氷から抜け出す決心を固めた。

『もう十分罰は受けた！』

彼女は脱出するための手がかりを探す。

『この世界に来られる奴は居ないか』

彼女は感覚を研ぎ澄ませる。

『……居た』

ゼラは何かを見つけると、精神体を飛ばす。それは一瞬である男の元に到着した。

『起きろ』

ゼラは男の耳元で囁く。男は寝ぼけ眼《まなこ》で起きる。

『私をこの世界に解き放て』

ゼラは冷酷な笑みで男に命じた。

■

俺は朝になるとティアと一緒に洗面所で顔を洗って歯を磨く。

「ガラガラガラ。ぺ」

うがいが終わると互いに、いー、として、磨き残しが無いか確認する。

「綺麗！」

「うん」

互いにキスして、パジャマから普段着に着替える。

「朝ごはん食べよ、朝ごはん！」

俺の恋人はいっつもお腹を空かせている。

「先に食堂に行っててくれ」

「およ？　なぜ？」

「朱雀にお願いごとがあるんだ」

「お願いごと？　一緒に行った方が良い？」

「すぐに終わるから一人で良いよ」

「ふむ……」

ティアはどうしようかとしかめっ面になる。

「心配するな」

俺はティアを抱きしめてキスする。

「もう大丈夫。ティアを置いて行こうなんて思って無いから」

するとティアは安心した様に抱きしめ返し、キスのお返しをする。

「分かった！　美味しいごはん作って待ってる！」

ちゅっちゅっとキスをし合う。

「久々に納豆ごはんが食べたい」

「おお！　お豆腐も食べよう」

「ネギと豆腐の味噌汁が良い」

「長ネギ？　小ネギ？」

「小ネギが良い」

「納豆ごはん、小ネギとお豆腐の味噌汁、おかずは何が良い？」

「きんぴらとかサツマイモとか」

「麗夜の好きな和食の朝ごはん！」

「焼き魚も欲しい」

「鮎はどうですか」

「鮎の塩焼きにしよう」

「任された！」

ティアは敬礼すると、ぴゅうっと部屋を出て、食堂に向かった。俺は朱雀に会うために屋上へ向かった。

「和平交渉？　俺が人間との？」

朱雀は暇になると、魔王城の屋上でキセルを楽しむ。風が冷たくて気持ちいい。

「そっちじゃない」

俺は塀に座る。気持ちの良いお日様であくびが出る。

「なら誰に？」

「魔軍は穏健派とも戦争しているんだろ」

朱雀は合点《がてん》がいったと頷く。

「確かに戦争中だ。もっとも、こっちから攻めない限り何もしてこない連中だが」

「そうであっても後ろに敵が居たら気持ち悪いだろ」

魔軍は魔界の九・九割の土地を支配している。残りの一分は？　魔軍と敵対する魔王たちが支配している。

彼らは人間と戦争することに反対した穏健派だ。だから魔軍と敵対することになってしまった。

「まぁ、和平するって言ったら、喜んでしてくれるだろ」

朱雀は煙で二つの手を作る。それは宙で握手する。

「賠償とか言って来ないの？」

「フランは平和主義者だ。やめるって言ったら喜んでやめるさ」

嬉しい情報だ。すんなり和平交渉は終わるだろう。

それは良いのだが、気になる名前が聞こえた。

「フランって名前、どこかで聞いたことがあるぞ」

「元は人間だったからな。確か学者をしていたとか」

思い出した！　モンスターのレベルアップと知性についての本を執筆した人だ。

「その人は自殺したと聞いた」

「そこら辺の事情は知らねえな」

「人間は魔王になれるのか」

「そこら辺も知らない。ただ、普通はあり得ないことだ」

朱雀はとことん興味が無さそうだった。

「その人はゼラに会ったことがあるらしい」

朱雀の目が鋭くなる。

「それはあり得ない」

「ちゃんと出会ったと書いてあった」

「ゼラは地下深くの永久凍土に封印されている。人間じゃ近づくこともできない」

そこでピタリと口を閉じる。

「しかし……フランは並みの実力じゃなかったからなぁ……あり得るかもしれない」

ぼそりと呟いた。

「どんな奴なんだ」

「フランは五十年近く前にふらりと魔界にやってきた。人間界から来たと聞いて、驚いた記憶がある」

朱雀は思い出そうと、塀に寄りかかって思案する。

「フランは魔界に来たが大人しい奴だった。温厚と言っていい。ただし実力はすさまじかった」

「どれくらい強いんだ？」

「魔軍総がかりでも勝てないくらいだ」

「魔軍総がかり？」

思わず前のめりになる。

「フランは人間出身だからか魔術に詳しかった。結界や防御、攻撃、すべての魔術が完璧だった」

「宮崎よりも強かったか？」

「あの屑勇者か」

キセルを咥えて、風に乗る煙を見つめる。

「あいつよりも強かったな」

チート持ちの勇者よりも強い魔王。

脅威だ！

「そいつは一応、穏健派なんだろ？」

「元々人間だったからか、戦争には反対だった。だから穏健派のまとめ役として、魔軍と敵対した」

朱雀は肩を竦める。

「フラン一人で魔軍と戦ってたみたいなもんだ。そう考えると良い男だ」

キラッとこっちに振り向く。

「もちろんお前には負けるがな！」

「喧《やかま》しい」

ポンと頭にチョップする。

とにかく最強の魔王が穏健派というのは良い情報であり、悪い情報でもある。

交渉が決裂するとヤバい。

「穏健派はどこに居るんだ」

「海岸線だ。あそこなら魚が取れるし、ゼラの瘴気も薄い」

「漁をして暮らしているのか」

「その他にも妖精が作った花畑の蜜や地下室を温室にして野菜を育てているらしい」

「凄いな！」

「頭の良い奴だ。魔軍はもちろん魔王でも考え付かなかったことをしている」

これは片手間で交渉していい相手じゃないな。

「どんな魔王がフランの元に居るんだ」

「妖精やホビットなど。とにかく弱い魔王だ。英雄クラスなら人間でも十分勝てる奴らだ」

そこで朱雀は口ごもる。

「天使も居たな。あいつらだけは別格だ」

「天使？」

天使が居るのは良い。だが天使の魔王とはこれいかに？

「天使は神の僕《しもべ》だった。元々は天界に住んでいた。ところがゼラが神をぶち殺しちまったんで地上に引きずり降ろされた。そして今度はゼラに従った」

神をぶち殺す。ゼラは本当にとんでもない女だ。

「ゼラが封印された結果、天使たちは魔界に住み着いたって訳だ」

「天使たちは穏健派なんだな」

「一応な。ただし、神の使いってプライドがあるせいか、他の種族を見下してる。魔軍と敵対したのはそれが理由だったのかもな」

危険分子だ。下手すると敵対するかもしれない。

「天使たちはフランに従っているのか？」

「手を組んでるって感じだ」

「魔軍と積極的に交戦したか？」

「全部フラン任せだ。情けない連中だよ」

朱雀は喋り疲れたのか大きくキセルを吸う。その間に情報を纏める。

「前言撤回。和平交渉は俺がやる」

穏健派は正直そこまで重要な存在だと思っても居なかった。しかし、フランのような最強の魔王や天使といった強力な種族が居るなら考えを改めなければならない。

「その方が良い」

朱雀は風を楽しむように目を閉じる。

「ただ、突然行ったら失礼だ。礼儀として、面会する約束を取り付けて欲しい」

「それならお安い御用だ」

朱雀は不死鳥へ姿を変える。

「すぐに戻ってくる」

「面会日はそっちに合わせるとも伝えてくれ」

朱雀は頷くと、猛スピードで飛び去った。

「朝飯食うか」

俺は用が済んだので一階の大食堂へ向かった。


大食堂は東京ドーム五個分くらいの広さだ。長テーブルと椅子だけが置いてあるシンプルな作りになっていて、奥に厨房とカウンターがある。

およそ三十万人が一度に飯を食えるくらい広いのに、座席はガラガラに空いている。魔軍は百万を超えるというのに。

ガラガラの椅子や机を縫ってカウンター近くのテーブルに行く。

そこではティアとギンちゃんとハクちゃん、そしてドラゴン騎士団とワイバーン騎士団のメンツが座っていた。

「じゅるり」

ティアは鮎の塩焼きや小ネギと豆腐の味噌汁、納豆ごはんの前で涎を垂らしていた。

「ずずずずず」

ダイ君たちは鍋を囲んでいた。ダイ君たちはよく鍋を食べる。簡単に食べられるし、戦場だと一般的な食事と聞いたかららしい。味噌の匂いがするから、味噌の野菜スープを食べているようだ。

「お肉が無い……」

ハクちゃんは朝ごはんをジト目で見ながらガッカリしていた。

「肉がなくても魚があるじゃろ」

ギンちゃんは両手を膝の上に置いて行儀よく待って居る。

「お待たせ」

するりとティアの隣に座る。

「いただきます！」

さっそく皆といただきますをした。

まずは味噌汁に口をつける。味噌と出汁《だし》がいい具合で美味しい。小ネギの風味も良い。

次にごはんと一緒に納豆を口にかき込む。野菜魔王が作った米は甘味があって、食感もモチモチしている。

納豆は粒が大きい。粘り気もしっかりある。

鮎は身が引き締まっている。なのに口に入れるとほろほろと解《ほぐ》れる。塩加減も良い。

ご機嫌な朝食だ。

ゼラのおかげで川魚も取れるし、新鮮な水も飲めるし、美味しい野菜も食べられるようになった。

恐ろしい魔王らしいが、感謝の一つはしておこう。

「美味しい！」

ティアは大きく口を開けて納豆ごはんや味噌汁、鮎を豪快に食べる。鮎なんてお腹に箸をぶっ刺して頭から齧《かじ》り付いている。ワイルドだ。本当にお腹が空いていたんだな。そしてよっぽど美味しいんだな。

「いい魚じゃ」

ギンちゃんは味わうようにゆっくりと、小さく口を開けて、丁寧に食べる。鮎はお腹に箸を通して、一切れずつ食べる。

「もうお魚飽きた！」

平和な朝ごはんの中、ハクちゃんは椅子の上でガタガタと暴れ出した。

「喧しい！　静かに食え！」

「お肉食べたいハンバーグ食べたい食べたい食べたい！」

ギンちゃんが叱ってもハクちゃんは聞かない。

「後でハンバーグ作るから」

「お魚と野菜の偽物ハンバーグなんて嫌！　本物が食べたいの！」

ティアが宥《なだ》めに入ってもハクちゃんはご機嫌斜めだ。

「ハク様！　落ち着いてください」

「お野菜だって甘くて美味しいですよ」

平和に食べていたダイ君たちも大慌てでハクちゃんをあやしにかかる。

「やだやだやだやだやだ！」

でもハクちゃんはがったんがったんと椅子ごと跳ねだす始末だ。これにはダイ君たちもハクちゃんの周りでオロオロするしかない。

「いい加減にしろ！」

ギンちゃんの鉄拳がハクちゃんの頭に直撃する。

「ふぎゃぁあああああ！」

ハクちゃんは耳を劈《つんざ》くほどの大泣きだ。食堂の窓がビリビリ震えている。ごはんどころじゃないぞ。

「どうしたのどうしたの」

あまりの騒ぎに外に居たはずのメデューサがやってきた。それに続いてマリアやガイといった魔王たちも食堂に入ってくる。

「お肉が食べたいんだって」

ティアは頬杖ついてため息を吐く。さすがのティアもこの大騒ぎにはうんざりしている。

「いいものあるよ」

マリアが自分の腕をブチっと千切ってハクちゃんに差し出す。

「腐ってるけど結構美味しいよ」

マジかジョークか？　それが問題だ。

「うぎゃぁあああああ！」

ハクちゃんは別の意味で大泣きしてしまう。

「もう！　好き嫌いしたらダメだよ」

マリアは頬っぺたを膨らませながら、千切った腕を元通りにくっ付ける。ゾンビの腕って着脱式なの？

「肉ならあるぞ」

ガイが熊くらいの大きさのネズミをテーブルにドサリと置く。食いかけなのだろう。腹は裂かれ、血や臓物がボタボタ零れている。弱弱しく動く心臓や肺が丸見えだ。

「とてつもなくうまいぞ！」

ガイは真っ赤な口で大笑いする。血で汚れた胸と腹が上下する。

「うぇぇえええええん！」

ハクちゃんは泣きやまない。当たり前だ。

「なら私の卵を食べなさい」

メデューサはググッと口から大きな卵を吐き出す。

「なんか動いてるけど美味しいわよ」

お前ら、ハクちゃんを虐めてんの？

「いやぁあああああ！」

ハクちゃんはもう大変だ。俺も大変だ。食欲が綺麗に吹き飛んだ。

「う……」

ギンちゃんの顔色が青くなる。野性味あふれるギンちゃんでも、魔界の魔王たちの常識を目の当たりにすると胸が悪くなったようだ。

「こらこら。ハクちゃんを虐めないの」

一方ティアは平然と飯を食いながらメデューサたちを叱る。神経が図太い。

「気持ちだけ受け取っておくから、今はそっとしておいてやれ」

これ以上惨劇を見たくないので手を振って止める。

「そ、そう？」

「な、なんか悪いことしちゃったのかな？」

メデューサたちは困惑しながらも引いてくれた。

そして少し離れたところで巨大ネズミの肉を食い始める。食事中に来てしまったのか。ブチブチブチ。食ってから来いよ。

ぶしゃぶしゃ。腕や腹の肉が千切れるごとに血液が飛び散る。食堂は一瞬にしてブラッドバスになってしまった。

「お、お前たち……外で食ってくれないか」

凄まじい光景に血の気が引く。眩暈で気絶しそうだ。

「え、いや、でもここって食堂ですよね？」

「わ、私たちは食べちゃダメなんですか！」

魔王たちは怒られた理由が分からず困惑してしまう。

「ううむ……難しい問題じゃ」

ギンちゃんは認識の違いを十分理解しているので怒るに怒れない。

「昔の俺たちだったらやってただろうな」

ダイ君たちは昔の自分と姿を重ねてしまって複雑な顔だ。

「こら！」

そんな中、ティアは威風堂々と立ち上がる。

「びちゃびちゃ汚しちゃダメ！　そういう風に食べるなら外！」

胸を張って声を張り上げる。素晴らしく美しい姿だ！　さすが俺の恋人だ！

「た、食べ方？」

「私たちはこれが普通なんだけど」

魔王たちは認識のズレに困惑する。

「うむ！　習っていないから仕方がない！　だから今回は許す！　ティアも昔はそうだった！」

ティアはえへんと胸を張る。なぜそこで威張る？

「でも昼食からはダメ！　礼儀正しく食べないとダメ！」

「れ、礼儀？」

魔王たちは互いに顔を見合わせる。

魔界で育った魔王はその日暮らしだった。だから礼儀とか礼節なんて気にする暇も無かった。

しかし今は違う。ならば少しずつ、礼儀や礼節を学んで欲しい。

「ティアが教えるから心配しない！」

天井が見えるぐらいふんぞり返っている。意外とティアって教えたがり屋？　そう言えばギンちゃんに掃除や料理を教えたのもティアだったな。ハクちゃんやダイ君たちにも。

俺の恋人は教師に向いているのかもしれない。

「とにかく今は朝ごはん！　しっかり食べる！」

そう言ってティアは巨大ネズミの腸をまさぐり、心臓の一部を千切る。

「もぐもぐ」

そして生のまま食いやがった。

「美味しい！」

そして平然と食べ続ける。

「美味しいよね」

「なんだか安心した」

「俺たちと違う存在だと恐怖したが、飯のうまさは変わらんな！」

魔王たちはその姿にすっかり安心したようだ。仲間意識が芽生えたのかな。

それはめでたいが、ティアに言っておくことがある。

「ティア、こっち向いて」

「にゃに？」

血だらけの口元をモグモグ動かす。

「お前がマナー守らなくてどうするんだよ」

「おお！」

ティアは急いで血の付いた口元と手を拭く。

「……血だらけのティアも可愛いな」

血と美少女ってなんか絵になる気がする。

「なにいきなり惚気《のろけ》とるんじゃ」

ギンちゃんに怒られた。

だって血だらけで怖いけどやっぱり可愛いんだもん。コワ可愛いみたいな。

「うえぇええ……」

それはもうそれとして、ハクちゃんはすっかり元気を失くしてしまった。

俺はハクちゃんの対処をしよう。

「亜人の国に行って、お肉を分けてもらえないか交渉してくるよ」

ハクちゃんを励ます意味も込めて頭を撫でる。

「ほんと……」

俯いて顔を見せない。犬耳も垂れている。

「もう無理してごはん食べなくていいからさ。すぐに亜人の国へ行こう」

「うん……」

ハクちゃんは生返事だ。そうとう落ち込んでしまったようだ。

「麗夜、出かけちゃうの？」

ティアが血の付いたナプキンを置く。

「ハクちゃんが可哀そうだからね」

「ティアはどうしよう？」

「ギンちゃんと一緒に魔王たちを教育してくれ」

ギンちゃんに顔を向ける。

「嫌だがやってやろう」

ギンちゃんは深々とため息を吐く。嫌でもやるんだから面倒見がいい。

「ふむ……不安だけど仕方がない」

ティアは渋々といった感じに頷く。

「夕方までには戻ってくるさ」

「なら家族亭の様子も見てきて」

ティアは思い出したように言う。

「確かにな」

本来なら残る予定だったギンちゃんまで居なくなった。一応、ギンちゃんが居ない時でも店が回るようにマニュアルを残しておいたけど、どんな状況か気になるのは確かだ。

「分かった」

「お土産持ってきて」

「美味しいお肉を持ってくるよ」

思わず吹き出すとティアもぷすっと笑う。

「麗夜とティアがお肉作ってくれれば良いのに」

ハクちゃんは自分一人だけ不機嫌なのが嫌なのか、ジトッとした目で睨んできた。

「そうすると食べられない子が可哀そうだろ」

魔軍の主食は野菜や果物、穀物に魚だ。ならば俺たちもそれに従うべきだ。

「ふん！」

ハクちゃんはごきわるのまま席を立ってしまった。

「リンゴと桃頂戴！」

そして厨房に居る果物魔王に声をかける。

野菜魔王や果物魔王は、美味しく食べてもらうために料理も始めている。

昨日はアップルパイを食べた。その前は野菜と果物のミックスジュース。野菜や果物、穀物類、材料はそれだけ。

それらをフル活用して作った食べ物は絶品だ。魔軍たちもその美味しさに気づいてもらいたい。

「どうぞどうぞ」

桃魔王とリンゴ魔王がハクちゃんに快く果物を渡した。

「もっと！」

ハクちゃんは不機嫌なまま果物のやけ食いを始める。

「って飯食えるのかよ」

だったら朝飯食えよ。

「困った娘じゃ」

ギンちゃんはハクちゃんが残した朝ごはんを食べる。よく見たら自分の分はすでに食べていた。

「女は強いな」

あれだけ顔色が悪かったのに今じゃ平然としている。

俺には無理な芸当だ。

「もぐもぐ」

どさくさに紛れてティアも俺の飯食ってるし。そりゃ全く手を付けてなかったから残したと思っても間違いないし、食べてもらおうか悩んでいたけど。

「もしかして、食えない俺が悪いの？」

自分が非常識なのか？　常識が迷子だ。誰か道案内を頼む。

皆、平然と話を進めるから理解が遅刻してしまう。

「と、とにかく亜人の国に行くから、誰か背中に乗せてくれない？」

痛い頭を押さえてダイ君たちに聞く。

「ならば俺に任せてください！」

ダイ君が一番に立ち上がる。

「もちろん俺がやります！」

同時にエメ君も立ち上がる。

二人は睨み合う。

「お前だと緑色に光って目が痛い」

「は？　そっちの方がギラギラ太陽の光が反射して目が痛いだろ」

「シャンデリアみたいで綺麗だろ」

「派手なだけだ。その点エメラルドは慎ましい色だ。それに五月の誕生石だ」

「俺だって四月の誕生石だ。それにダイヤモンドはこの世で一番硬い石だ。俺なら傷一つなく麗夜様を守ることができる」

「ダイヤモンドはハンマーで砕けるほど脆い。ひっかき傷に強いだけだ」

「エメラルドはひっかき傷にすら傷つくほど脆い」

二人とも白熱している。俺はゴホンと咳払いする。

「二人ともよく勉強しているね。どこで習ったの？」

すると二人は得意げな顔になる。

「俺は隣の緑馬鹿と違って、ティア様や麗夜様に習って毎日本を十冊読んでいます！　これらは麗夜様やティア様が用意された本なのでとても面白く読めました！　もちろん今日も十冊読みます！

ちなみに今日は戦術と軍事学について勉強します！」

「俺は隣のギラギラ野郎と違って本を毎日二十冊読んでいます！　今日は軍事学と戦術、料理の本を読む予定です！」

二人とも素晴らしい！　完璧だ！　頼もしくもある！　でも……。

「疲れてる時にごちゃごちゃ喧嘩するんじゃねえよ！」

二人の脳天に鉄拳を振り下ろす。それとこれとは話が別だ。

「キイちゃんの背中に乗せてくれ」

「畏《かしこ》まりました」

俺とキイちゃんは地面にめり込む二人にため息を吐いた。

「キイちゃん以外の騎士団はティアやギンちゃんの手伝いをお願いね」

「分かりました」

全員が頭を下げたので一安心する。

ブチブチ。安堵すると魔王たちが肉を引き千切る音がして臓物の臭いが鼻を貫く。

それなのにティアとギンちゃんは平然と今日の朝飯の反省会をしている。

「ちょっとお塩が足りなかったかな？」

「私としてはもうちょっと減らしてもいいぞ」

「そうなの？」

「全部食った時に一杯だけ水を飲むくらいが、ちょうどいい塩加減じゃ」

「でも皆は濃い味付けが好きそうだし」

「うーむ……血抜きもせず、肉を生で食う奴らじゃからの。そう考えるともうちょっと濃い方が……」

「でもこれ以上しょっぱくすると、麗夜が困る気もする」

「醤油入れや塩入れが必要じゃな」

「それの使い方も教えないと」

すでに教育プランを練っている。脱帽するしかない。

その横でハクちゃんは「おかわり！」と言って、ナシやパイナップルまで食べ始めてるし。

大食い大会？　よく食べられるね。

「なぜだろう？　なんか疲れてきた」

魔軍の大将ってこんなに大変だったの？　安請け合いするんじゃなかった。

「皆、一先ず人間になろ」

ぐったりしてるとティアが変なこと言ったぞ。

どうやら魔王たちの食事が終わったらしい。

「人間？」

魔王たちは困惑している。良いぞ。もっと困惑しろ。そしてできないと言え！

「人間の体の方がお掃除できたり料理できたりで便利なの」

「掃除？　料理？」

魔王たちは一心同体といった感じに首を傾げる。

「みんなこれからいっぱい学ぶ！　マナーとか料理とか。そういう時は人間の方が良い！」

ティアは自信満々に言う。確かにその通りだが、無茶じゃないかな？

だって魔王だよ？　人間になれる訳ない。

「強い者には従うしかないわね」

そういうと部屋にゴキゴキと鈍い音が響く。それは骨や関節がすり減る音だ。さらにミチミチと肉が擦れる音も響く。そして皆の体は小さく小さくなっていく。

肌の色は、ある者は黒、ある者は白、ある者はうすだいだい色、ある者は肌がうろこになっていく。髪はスキンヘッドだったり長かったり黒かったり白かったり金色だったり様々だ。

「これでどうですか」

全員人間に変身した。

「よろしい」

ティアは皆を見て満足げに頷く。

「皆、一つ言いたいことがある」

俺は薄笑いをするしかない。

「なんでしょう」

ティアも含め、皆がこっちを見た。

「どうして君たちはそうやって重要な過程をすっ飛ばしちゃうわけ？」

人間に変身した。大丈夫、まだ理解できる。前例は沢山ある。

でも数分も経たないうちになるか？　俺が混乱している最中になるか！

「ダメなの？」

ティアが首を捻る。

「いえ、良いです。何でもないです」

慣れるしかないのかな？　頭が破裂しないか心配だ。

果物や野菜の入った籠《かご》をキイちゃんの背中に括り付ける。しっかり固定したらハクちゃんと一緒にキイちゃんの背中に乗る。胡坐をかくと、そこにハクちゃんがすっぽり収まった。

「出発だ」

合図とともにキイちゃんは屋上から飛び立つ。そろそろ昼時になるのか、じりじりと暑い太陽の下を飛ぶ。暑い日差しとヒュンヒュンと通りすぎる空気がまじりあって気持ちがいい。

「……」

そんな気持ちの良い旅路なのに、ハクちゃんは今も膝の上でふくれっ面だ。

「機嫌直して」

困ったお嬢様の頭を撫でる。ピンピンと耳がアンテナのように動く。

「詰まんない」

ハクちゃんは拗ねっぱなしだ。

「お肉が食べられないから？」

我儘《わがまま》お嬢様に苦笑する。

「友達が居ないもん」

しかし返答は予想だにしていないことだった。

「友達？」

「私、お母さんとお姉ちゃんと麗夜とダイ君たちとしか話してない」

ぐりぐりと膝の上に顔を埋める。

「亜人の人たちは私に話しかけてくれたのに、あの人たちは私のこと無視してる」

合点がいった。ハクちゃんは寂しかったんだ。

ごはんに不満があっても友達が居れば愚痴が言える。俺やギンちゃんに叱られてもたくさんの仲間が慰めてくれる。

だけど今のハクちゃんは孤立している。それは俺やティア、ギンちゃん、ダイ君たちも同じ。

「そう言えば、ありきたりの挨拶しかしてなかったな」

メデューサ、マリア、ガイ、ケイブル、カーミラ、その他大勢の魔王たち。

彼らは俺に従ってくれている。ティアやギンちゃん、ハクちゃん、ダイ君たちにも逆らわない。文句も言わない。しかしそれは友達とは言えない。仲間とは言えない。良くてビジネスパートナーだ。

「もうちょっと、皆と遊んだり、話し合ったりした方が良かったな」

俺自身うっかりしていた。魔界の魔王たちがあまりにも常識とかけ離れた存在だったから。だから心の底で、深く関わるのを避けていた。魔王たちもそれを感じ取ってしまったのだろう。だから積極的に話しかけてこなかった。さっきは気を遣われただけだ。

俺は魔軍の大将だ。皆の命を左右できる立場だ。ならば、皆を好きにならないといけない。

「ありがとう」

気づかせてくれたお姫様にお礼を言う。

「うん？」

ハクちゃんは仏頂面だが顔を上げてくれた。薄っすらと目元が涙で濡れている。

「皆と仲良くなろ。俺と一緒に」

ハクちゃんはそっぽを向く。

「何だかあの人たち怖い」

ハクちゃんは不安げな声だ。

魔界の魔王たちは肉食動物に近い。殺伐としていると言っても良い。怖がるのも分かる。

「それだと友達が出来ないよ」

でもそれは向こうも同じだ。彼らは俺たちが強いから従っているだけ。それは恐怖の裏返しだ。

「勇気を出して仲良くなろう。俺も頑張るから」

抱っこしてハクちゃんのおでこにキスをする。

「……むちゅ」

するとハクちゃんが唇にキスしてきた。

「麗夜が頑張るなら頑張る」

不安げな顔だ。頬っぺたが引きつっている。

「一緒に頑張ろ」

俺はハクちゃんを胸で抱きしめて、よしよしと頭を撫でた。

「あいつらは自分勝手なだけですよ」

突然キイちゃんが口を挟んできた。

「あいつらは麗夜様もハク様もティア様もギン様も私たちも恐れて居ません」

キイちゃんは呆れた声だった。

「厳しい方が良いと思いますよ。ああいう手合いは甘くすると付けあがりますから」

キイちゃんの声は明るく冗談交じりに感じる。

「ハク様も自分から話しかけた方が良いです」

「私が？」

ハクちゃんが不機嫌な目でキイちゃんの後頭部を睨む。キイちゃんは空を飛んでいるためか振り返らず、素知らぬ感じのまま話を続ける。

「あいつらは亜人たちと違って自分にしか関心がありません。だからハク様が話しかけない限り構って来ませんよ」

ハクちゃんはキイちゃんの声にへちゃむくれになる。今まで黙っていても皆が話しかけてきたから、慣れていないのかもしれない。

「難しいな」

亜人の国が見えてきた。そろそろ昼飯時。わずか数十分で到着とは、速い。

「着陸します」

キイちゃんが少しずつ速度を落とす。慣性の法則に従い、電車がブレーキをかけたときの様に、体が前に流れる。しっかり手綱を握って耐える。魔法があるのにちゃんとした物理学もある。考えてみると不思議な物だ。金になりそうに無いから研究とかしないけど。

バリバサとキイちゃんは自宅だった家近くの湖に降り立つ。

「ハクちゃん、着いたよ」

「おんぶ」

降りる様に言ったのに背中に張り付いてしまった。ストレス溜まっているのか、今日は甘えん坊だ。

ハクちゃんを背負った状態で粗品を降ろす。それが終わると地面に下りる。

「私はどうしたら良いでしょうか」

キイちゃんは人間に戻ると両手を前に組んで胸を張る。騎士らしくなってきた。

「一緒に来て」

「承知しました」

キイちゃんは大真面目に頭を下げる。前屈するくらい腰を曲げている。

癖なのかな？　さすがのダイ君たちもここまではやらない。

つかダイ君とエメ君は俺の前でも喧嘩する。どうにかならないかな？

「よろしく」

頼もしい護衛に苦笑しながら、荷物を置いた状態でいったん家に帰る。

「やっぱり埃っぽいな」

ガチャリと玄関を開けると埃臭さがお出迎えしてくれた。よく見れば庭の雑草も伸びている。

「お手伝いさんとか雇うべきかな」

そこらへんも決めないで魔界に行ってしまった。ギンちゃんまで来てしまったからだが、いささか無計画だったか？

「私が掃除しましょうか」

キイちゃんは後ろからスッと自然な仕草で横に並ぶ。

「今日は良い」

魔界のことが終わったら皆と一緒に帰ろう。その時、掃除しよう。

皆で家を掃除する。ギンちゃんとティアが喜びそうだ。

「麗夜～お店行こう～」

ハクちゃんが頭の上で鼻を抓む。いつの間にか肩車になってしまった。

「はいはい」

兎《と》にも角《かく》にも、まずは家族亭へ歩を進めた。

「お久しぶりです！」

大通りに一歩足を踏み入れると、さっそく通行人の老人エルフが挨拶してくれた！

「覚えていてくれたんだ」

「もちろんです！　お仕事と噂で聞きましたが、どこへ行かれていたんですか？」

「ちょっと遠くに。今日中には戻らないといけないんです」

老人は会釈して家に入っていった。

身なりが良いのに、騎士の宿舎のような場所だ。息子さんが居るのかな？

「ハクちゃん！」

さらに歩を進めるとちびっ子たちが集まってきた。教会に住んでいる孤児だ。

ハクちゃんは俺を踏み台にしてジャンプ！　シュタッと皆の前に下りると、親愛のハグを始めた。

「久しぶり！　元気してた？」

「元気元気！　毎日お腹いっぱい！」

ハクちゃんはエルフやドワーフ、リザードマンなど様々な子供に大人気で、皆のアイドルだ。

「そう言えば魔王たちに、ハクちゃんと同年代は居なかったな」

その姿を見て魔軍と亜人の国の違いに気づく。

死生観や価値観、考え方もそうだが子供の有無も大きい。

子供の魔王ってのも考えるとおかしいが、ハクちゃんは子供だ。同い年の子が居ないのも淋しさの一つなのだろう。

ただ一人、女の子ゾンビのマリアだけは違う。多分本当の歳はハクちゃんよりも何百歳も上だろう。しかし見た目は子供だ。

「マリアと友達になったら楽しいんじゃないかな」

収穫が一つできた。

帰ったらさっそくマリアに、ハクちゃんの遊び友達になってくれるか聞いてみよう。

「麗夜様だ！」

子供たちが俺に気づいた。

「元気だった？」

「元気だよ！」

皆仲良く一斉に笑う。ハクちゃんまで「元気だよ」と皆の真似をしている。

「家族亭は今も大丈夫？」

「今日は私たちはお休みなの」

「お店には誰か居る？」

「エミリアさんとオーリさんが居るよ！」

「ありがと」

ハクちゃんに声をかける。

「俺たちは家族亭に行くけど、ハクちゃんはどうする。皆と遊んでく？」

ハクちゃんは、「えーと、えーと」と友達と俺の顔を見比べる。

「皆でお昼食べよ！」

おてんばお嬢様はお嬢様らしく両取りを選んだ。

二兎を追うものは一兎をも得ず、と言うが、ハクちゃんにそんなことわざは通じない。

「行こう行こう！」

友達も乗り気だ。俺も楽しくなってしまう。

「皆の身なりも良い。しっかり育ってる」

孤児たちの服装は、家族亭で働いていた時と同じく小奇麗だった。家族亭の経営が上手くいっている証拠だ。

「おっとっと。こりゃなんだ」

家族亭の前に行くと、異変に気づく。

ラウンドアバウトに焼きとうもろこしや焼き鳥、おにぎりなど、たくさんの屋台ができていた。

屋根には家族亭のロゴが入っている。

「オーリさんとラルク王子、上手くやったんだな」

以前は肉を他種族から輸入するのは難しく、俺とティアのチートが無いと肉料理は出せなかった。

今は違う。皆が色々な料理を楽しめる、とても楽しい国になった。

「麗夜様ですか」

ラウンドアバウトの絶景に心を奪われていると、家族亭に並んでいた老夫婦ドワーフが声をかけてきた。

「そうですけど」

「これはめでたい！　どうぞ前へ」

老夫婦は列に割り込むように勧めてくれた。

「それはさすがに」

「ここはあなたの店です！　誰も文句を言いませんし、何を遠慮することがあるでしょう！」

顔合わせだけなら良いんだけど、ごはんも食べる予定だし……老夫婦の後ろに並んでいる人たちもびっくりしているし……。

「入りなさい」

迷っていると懐かしい声がした。

「オーリさん！」

ギルド長のオーリさんが家族亭の入り口で微笑んでいた。

「それだと皆に迷惑が」

「ＶＩＰ席が空いてるからそこで食べれば良いわ」

「ＶＩＰ席？　そんなのあったっけ」

「良いから来なさい」

オーリさんに押し通される形で中に入る。

「久しぶりの友人だ！」

店の奥のＶＩＰ席でラルク王子が昼食を食べていた。

「相席になっちゃうけどよろしいかしら」

「もちろん！　歓迎だ」

ラルク王子はオーリさんの言葉に笑顔で頷いた。

「なら、お言葉に甘えて」

四人掛けのテーブルに座る。キイちゃんは俺の隣だ。

「皆も座ろ！」

ハクちゃんはラルク王子の横にドスンと座る。

「うん！」

ガタガタガタ。子供たちは子供用の椅子を引っ張って来て、テーブルを囲む。定員オーバーだ。

「テーブルをくっつけるから手伝って」

オーリさんがガタガタと近くのテーブルを動かす。子供たちも手伝う。

「良いのか？」

「君を待たせる方が失礼だと思うぞ」

ラルク王子はフォークを置いて微笑む。

「そちらの麗しい女性はどなただったかな」

「私はキイです。麗夜様とハク様の護衛として、相席させていただきます」

キイちゃんは丁寧に頭を下げた。

「思い出した。君はワイバーンだ。今は人間に変身しているんだな」

ラルク王子はしげしげとキイちゃんを眺める。

「その……」

キイちゃんはラルク王子のような美男子に見つめられて頬を赤くしている。さすがモテ男。

「君の周りは美しい女性ばかり集まるな」

ラルク王子は恥ずかしげもなく、堂々と殺し文句を告げ、キイちゃんの顔がさらに赤くなる。

「確かに美人だね」

キイちゃん含め、騎士団のメンバーは人間になると美形ぞろいだ。違いは瞳や頭部。

キイちゃんの目は爬虫類《はちゅうるい》のように瞳孔が細いし、頭部はワイバーンらしく二本の角が生えている。

こうしてみると鬼に見えるな。

「れ、麗夜様まで」

キイちゃんは困りっぱなしだ。口説き文句などダイ君たちは言わないから初めて聞いたようだ。

「お、う、じ、さ、ま！」

ハクちゃんが無礼にも、ラルク王子の膝に頭を載せる。

「久しぶり、可愛らしいお嬢様」

ハクちゃんは頭を撫でられると、頬っぺたが蕩《とろ》けそうなほど緩む。

「お久しぶりです。麗夜様」

エミリアさんがウェイトレスとしてやってきた。

「久しぶり。元気だった？」

「ギン様まで居なくなられたので大変でしたよ」

「ほんと！」

「オーリさんはもうカンカン！　ここはもう自分の店だから好き勝手やるって怒ってました」

「これだけ繁盛しているなら怒らせた甲斐があった」

店は満席だ。見慣れた顔が食事やお喋りを楽しんでいる。親子連れも笑顔。自然と俺も笑顔になる。

「ご注文はいかがなさいますか」

「おすすめは」

「豆で作った特製パスタとコーンポタージュです」

「ならそれを……」

キイちゃんが頷いたので三つ頼もうとする。

「私はハンバーグ！　でっかいでっかいハンバーグ！　野菜抜き！」

ハクちゃんが大声で遮った。

「それを二つにハンバーグ五百グラム。付け合わせの野菜はナシで」

エミリアさんは注文を聞くとクスリと笑った。

「僕はハンバーガー！」

「フライドチキン！　お金あるよ！」

子供たちも思い思いの料理を頼んだ。

「ひと月もしないで帰ってくるとは思わなかったぞ」

ラルク王子は豆と卵のパスタを食べている。

「ちょっとした所用。夕方には戻るさ」

「それは残念だ」

穏やかな食事が続く。キイちゃんは隣でカチコチに硬くなりながらパスタを食べている。味がしないんじゃないか？

「うまうま！」

ハクちゃんは特大ハンバーグにご満悦だ。子供たちも同じようにご満悦だ。

「あなたに相談があってきたんだ」

「やっぱりな！　君はいつも面倒事を持ってくる」

ラルク王子は両手を広げて大げさに驚く。

「面倒事なんて持ってきたこと無いだろ」

「君が提出した食料流通の案だが、酷い出来だった！　誤字脱字はもちろん、文法間違いに論理の破たん！　理想だけを詰め込んだような仮定や前提！　読み取るだけで二日、論理などの手直しに三日かかった」

バカにされて恥ずかしいし悔しい。

「でもいい案だった。手直ししたら、他種族の王も受け入れてくれた」

ラルク王子は店内を見渡しながら続ける。

「今はまだ細々とした状態で、家族亭しか肉や魚が受け取れない状態だ。でもすぐに皆が肉や魚を食えるようになるだろう。君のおかげだ。感謝している」

キラリとラルク王子の歯が光った。この野郎、お世辞と交渉は天才的に上手いな。

「屋台はオーリさんの案？」

「もちろん。彼女は冒険者ギルドも巻き込んで家族亭を盛り上げているぞ」

「そこまで!?」

「足りない肉や魚は冒険者に調達させている。エルフ国では、野生動物を狩るのは違法では無いからね」

「やる気満々だな」

「いや、怒り心頭だ。オーリに何を言ったんだ？　酷く君に怒っていたぞ」

笑って誤魔化すしかない。

「相談事なんだけど、肉を輸入したいんだ」

「商売か。君らしい」

「商売じゃなくて私的なことだよ」

「もっと君らしい！」

ラルク王子は大笑いだ。

「詳しい話を、聞けるかな？」

「魔軍に関しては俺自身混乱中でね。この相談事はハクちゃんのためだ」

「このお嬢さんの？」

げぷっとお腹を膨らませたハクちゃんを見る。

可愛いけどはしたない。ギンちゃんが居ないから足も伸ばしていた。

「魔界には肉が無い。だから分けて欲しい。もちろんタダとは言わない」

持ってきた粗品を見せる。

「魔界で取れた野菜や果物だ。こちらと交換して欲しい」

みずみずしい果物や野菜を籠から出す。匂いだけで美味しさが分かる。

「味は保証するし、毒も無い。しっかりと食べて確かめた」

「君なら当然だろう。言われなくても分かる」

ラルク王子は桃を一つ手に取り、匂いと手触りを確かめる。

ぱくっと皮ごと一口。

「参った！　エルフ国の桃よりも美味しい」

ぱくぱくぱくぱくとすぐに食べきった。

「じー」

子供たちも興味津々《しんしん》だ。

「どうぞ」

「ありがとう！」

皆果物に飛びつく。ハイエナか？

「オーリ！　こっちへ来てみろ」

ラルク王子が大声で、どこかに居るオーリさんを呼ぶ。

「はいはい、何ですか」

オーリさんが唇を尖らせながらやってきた。

「とても美味しい果物だ。家族亭で振る舞ったらどうだ」

「そういう話？　友人としての話は無いの？」

仲間外れにされて悲しいらしい。

「とにかく食べてみろ。美味しいぞ」

ラルク王子が勧めるとオーリさんは渋々リンゴを食べた。

「美味しい！」

そして絶賛した。オーリさんは、しまった！　という顔をしたが、もう遅い。

「経営者として！　デザートに出したいわね」

経営者とわざわざ注釈して折れた。

「一週間に五キロの牛肉と豚肉、鶏肉でどうだ。代わりにこっちは果物野菜合わせて五十キロ渡す」

「それくらいなら大丈夫だ」

ラルク王子が頷くとオーリさんも頷く。

「小難しい商談が終わったところで、何でもない雑談でもどうだ」

ラルク王子は人懐っこい顔でテーブルに両腕を載せる。

ベキン！　テーブルの足が折れた！　その衝撃でキイちゃんの顔面にパスタの皿が激突した。

白目をむいてしまったキイちゃん。鼻からパスタ出てるぞ。

「な、なにが……」

ラルク王子と一緒にテーブルの足を調べる。腐った様子はない。強力な力で押しつぶされたような跡はある。

「老朽化か？」

ラルク王子はため息を吐きながらドサリと椅子に座る。

バキン！　二人掛けの椅子の足が折れた！

座っていたハクちゃんがひっくり返って、ゴロゴロと後方回転しながら床を転がる。

バゴン！　そして勢い余って壁を突き破って外に転がった。

なんでそうなるんだよ？　レベルがケタ違いだからか？

「いってぇ」

ラルク王子は尻と腰を押さえて立ち上がる。転がったハクちゃんよりもこっちを何とかしないと。

「何やってんのよあんたたち！」

オーリさんはプリプリ怒りながら、壊れたテーブルを片付けようと持ち上げる。

ブン！　ベキン！　テーブルが天井にめり込んだ。

「俺の店壊すなお前ら！」

「わ、私は普通に持ち上げただけよ」

オーリさんは天井に突き刺さったテーブルを見て目が点になる。

「俺たちが片付けるからお前らは何もするな」

子供たちと一緒に木片や割れた食器を片付ける。もちろん食事中の皆さんには謝った。

「麗夜様。壊れちゃった」

ところが子供たちも問題児だ。掃除用具の塵取《ちりと》りや箒《ほうき》を片っ端から壊していく。

「備品管理の不備か」

折れた箒を見てみる。持ち手から折れている。なんだか握りつぶしたように見えるぞ。

「全部が全部、怪力で壊した感じだ」

ということは彼らが特訓で鍛えていたから？　強くなりすぎたから備品が力に耐えられなかった？

チラリと持ってきた果物や野菜を見る。あれらは魔王となった野菜や果物が作ったものだ。

食べただけで強くなれる？　突然強くなったから、加減が分からず壊してしまった？

「……気のせいだな」

メルヘンじゃあるまいし、あり得ないことだ。

俺は平静を保ちながら、キイちゃんと一緒に掃除した。めでたしめでたし。

「こんなことになって済まなかった」

掃除が終わり帰る時間になるとラルク王子が見送りに来る。

「気にしなくていいよ」

自宅の湖のほとりで微笑みながら握手を交わす。ギュッと凄まじい力が返ってきたが気にしなくていいって言ったから気にしない。

「日曜日になったらキイちゃんたちに届けさせる」

「分かった」

俺とラルク王子、そしてオーリさんとエミリアさんは、互いに手を振って別れた。オーリさんだけ不機嫌そうに横目で見送った。

「ふにゅ～」

帰り道、ハクちゃんは満足げに膝の上で夕焼けと風を楽しむ。胸には牛肉と豚肉と鶏肉のセットを、大事に大事に抱えている。

「楽しかった？」

「うん！　皆に会えてよかった」

ハクちゃんは行きと違って意気揚々《いきようよう》だ。

「帰ったらマリアに、友達になってくれって言ってみない？」

「あのゾンビの子」

ハクちゃんは複雑そうな顔をする。

「あの子、変な臭いするんだよね」

ゾンビだから、確かにそうかもしれない。でも失礼な言い方だ。

「絶対にマリアに変な臭いとか言っちゃダメだぞ」

「分かってる。そんなことしないもん」

ハクちゃんは夕焼けに目を細める。

「皆と友達になる」

ハクちゃんは決意を固めてくれた。

「仲間外れしたら可哀そう！　皆で遊ぶ！」

「いい子だ」

わしゃわしゃっとサラサラの髪を撫でまわす。

「ああんもう！　髪が乱れちゃう」

「手ぐしですぐに直るって」

「麗夜ってそこらへん雑！」

俺とハクちゃんはのんびりと帰宅した。


「お帰り！」

屋上に到着するとティアが迎えに来てくれた。

「ラルク王子に、ハクちゃん用のお肉を輸入できるように手配してもらった」

「ありゃりゃ。ギンちゃんが不公平だってブツブツ言っちゃうかも」

「その時はその時さ。それはそれとして、魔王たちはどうだ」

「まだまだ時間かかるかな。でも服は着てくれたし、食堂で肉の解体しちゃダメってことは了承してくれた」

「みんな納得してる感じ？」

「うーむ。正直ティアたちが言ってるから仕方なく従ってるみたい」

ティアは困ったと項垂れる。

「ギンちゃんとかハクちゃんとかダイ君たちの時は上手くいったのに」

自信喪失している。朝の時と違って元気がない。

「私が頑張る」

そこでハクちゃんはのっしのっしと食堂に行く。俺たちもそれに付いて行く。

「どうしたの？」

ティアはハクちゃんの逞《たくま》しさに困惑の耳打ちをする。

「見ててくれ」

俺はハクちゃんを見守ることに徹する。

食堂では人型になった魔王が行儀よく椅子に座って待っていた。

俺たちを見ると、緊張した顔になった。ティアとギンちゃんの躾がよっぽど怖かったらしい。

「皆と友達になる！」

ハクちゃんは怯まずにテーブルに行く。テーブルの上には空の皿が一つだけあった。

「これはどうしたの？」

「えっと、その、ギン様に待って居ろと」

魔王たちはしどろもどろだ。何をするか理解していない。隣のティアに確認してみる。

「どうしたの？」

「椅子に座って食べる練習。最初は手づかみで食べて良い。ただしテーブルが汚れたらナプキンで拭く」

「かなりレベルの高いことやってるな」

彼らのマナーレベルは赤子と同じだ。

少しずつ教えないと困惑するだけ。

「プレゼント」

ハクちゃんは俺が苦笑している間に牛肉などを一切れずつ、魔王たちの皿に置く。

「これは」

当然のごとく魔王たちは戸惑う。

「私は皆と友達になる。だから皆と一緒に食べる」

ハクちゃんは堂々とマリアの傍に行く。

「私と友達になって」

なんだか凄い態度だ。緊張しているため顔が強張っている。

「友達？」

でもマリアはハクちゃんの表情など気にしない。それよりプレゼントの肉を凝視する。

「良いよ！　今日から友達！」

マリアは満面の笑みでハクちゃんの頬っぺたにキスをした。

「えへへ！」

ハクちゃんはだらしなく口元と目を緩ませて笑った。

「どうしたことじゃこりゃ」

ギンちゃんがワゴンに生肉を載せてやってきた。

「それは何」

「巨大ネズミの肉じゃ。私が捌いてやった」

お疲れなのかため息を一つ。

「なら、俺たちも皆と同じものを食べよう」

「正気か」

ギンちゃんは耳を疑うが譲らない。

「俺たちは仲間だ。なら皆に合わせることからやってみよう」

ギンちゃんはゲッソリしている。

「お主はそうやって私の苦労を否定する」

ブツブツブツブツ。怒らせてしまった。

「ごめんごめん。ちゃんと事情を説明するから」

「分かった分かった。とにかく飯じゃ」

ギンちゃんと一緒に皆の皿の上に生肉を載せていく。

「皆とじっくり話したことは無かったからね。これから皆のことを知って行きたい」

笑顔で接すると魔王たちも笑顔を返してくれた。

「いただきます」

皆に配り終わるといただきますの挨拶をする。手づかみで生肉を齧る。

「ネズミの肉って聞いたけど割と食べられるね。

「肉のお刺身。新鮮だからかな？」

ティアと一緒にモグモグ食べる。意外と美味しい。

「悪くないの」

ギンちゃんは肉を口に入れると豪快に噛み千切る。銀狼だったから抵抗ないのかな。

ハクちゃんはマリアと食べさせっこしている。五分で打ち解けてしまった。

「あーん！」

「こうして麗夜様と食事をするのは初めてですね」

誰かが言うと皆も笑う。

「麗夜様たちって私たちと同じ食べ物を食べるんだ」

「何も食べなくていいのかなって思っちゃってた」

一家団欒《だんらん》だ。やはり一緒に食事すると打ち解ける。自分からぶつかっていかないとダメだ。

「麗夜麗夜。飯中に失礼」

朱雀がドスドスと足音をたてて食堂に入ってきた。

「一緒に飯食おうぜ。意外とうまい」

「それはありがたいが、フランから面会のオッケイが出たぜ」

「フランって誰？」

そう聞くと、朱雀は首が折れるかと思うくらい傾げた。大げさな。

「穏健派のリーダーだ。朝言ったこと忘れたのか？」

「忘れてたごめん」

朱雀はずっこけた。でも気を取り直す。

「面会日は明日が良いってさ」

「明日……」

食事の手が止まる。

「一月後にしよう。こっちも忙しい」

「お前、本当に好き勝手に生きてるな……」

仕方ないだろ。俺だってやることいっぱいあるんだもん！

月が導く異世界道中
Tsukiga Michibiku Isekai Dochu
あずみ圭
Azumi Kei
1～15
8.5
シリーズ累計
140万部の
超人気作！
（電子含む）
2021年
TVアニメ化！
月が導く異世界道中
あずみ圭
薄幸系男子の
成り上がり
ファンタジー、
開幕！
なんてだろう
親の都合で
異世界へ
読者賞受賞作！
●各定価：本体1200円+税
●illustration：マツモトミツアキ
1～15巻 好評発売中！
CV 深澄 真：花江夏樹
巴：佐倉綾音　澪：鬼頭明里
監督:石平信司　アニメーション制作:C2C
異世界へと召喚された平凡な高校生、深澄真。彼は女神に「顔が不細工」と罵られ、問答無用で最果ての荒野に飛ばされてしまう。人の温もりを求めて彷徨う真だが、仲間になった美女達は、元竜と元蜘蛛!?とことん不運、されどチートな真の異世界珍道中が始まった！
コミックス
1～8巻
好評発売中!
月が導く異世界道中
1
あずみ圭
木野コトラ
とことん不運、されどチート!!
29万部
漫画：木野コトラ
●各定価：本体680+税 ●B6判

落ちこぼれ
ぼっちテイマーは
諦めません
1~3
AUTHOR
たゆ
従魔と一緒なら
ぼっちでも
強くなれる!

この作品に対する皆様のご意見・ご感想をお待ちしております。

おハガキ・お手紙は以下の宛先にお送りください。

【宛先】

〒150-6008東京都渋谷区恵比寿4-20-3恵比寿ガーデンプレイスタワー8F
（株）アルファポリス　書籍感想係

メールフォームでのご意見・ご感想は右のＱＲコードから、
あるいは以下のワードで検索をかけてください。

アルファポリス　書籍の感想　検索

ご感想はこちらから

本書はWebサイト「アルファポリス」（https://www.alphapolis.co.jp/）に投稿されたものを、改稿、加筆のうえ書籍化したものです。

異《い》世《せ》界《かい》に転《てん》移《い》したから
モンスターと気《き》ままに暮《く》らします２

ねこねこ大《だい》好《す》き　著

2021年1月2日初版発行

編集－宮本剛
編集長－太田鉄平
発行者－梶本雄介
発行所－株式会社アルファポリス
〒150-6008東京都渋谷区恵比寿4-20-3恵比寿ガーデンプレイスタワー8F
TEL 03-6277-1601（営業）03-6277-1602（編集）
URL https://www.alphapolis.co.jp/
発売元－株式会社星雲社（共同出版社・流通責任出版社）
〒112-0005東京都文京区水道1-3-30
TEL 03-3868-3275
イラスト－ひげ猫
URL https://www.pixiv.net/users/15558289
デザイン－AFTERGLOW
印刷－中央精版印刷株式会社

価格はカバーに表示されてあります。

落丁乱丁の場合はアルファポリスまでご連絡ください。

送料は小社負担でお取り替えします。


ISBN978-4-434-28242-3 C0093